BESTSELLER

Frederick Forsyth nació en Ashford, Inglaterra, en el condado de Kent, el año 1938. Después de haber trabajado para la BBC entre 1965 y 1967 cubrió la guerra de Biafra (1968-1970) como periodista independiente. Su primera novela, *Chacal*, se publicó en 1971 y constituyó todo un éxito mundial. La misma acogida tuvieron sus obras posteriores, entre las que cabe destacar *Odessa, Los perros de la guerra, El emperador, La alternativa del diablo, El cuarto protocolo, El negociador, El manipulador, El puño de Dios, El manifiesto negro* y *Vengador*, todas publicadas por esta editorial. La mayoría de ellas han sido trasladadas al cine con gran repercusión. En 1997 le fue otorgado el título honorífico de Comandante del Imperio Británico.

Biblioteca

FREDERICK FORSYTH

El guía

Traducción de
Isabel Esteban

⸜⸝ DeBOLS!LLO

Forsyth, Frederick
   El guía - 1ª ed. - Buenos Aires : Debolsillo, 2005.
   144 p. ; 19x13 cm. (Best seller)

   Traducido por: Isabel Esteban

   ISBN 987-566-104-X

   1. Narrativa Inglesa I. Esteban, Isabel, trad. II. Título
   CDD 823.

Primera edición en la Argentina bajo este sello: noviembre de 2005

Títulos originales: *The Shepherd. Money with Menaces. No Comebacks.*
Diseño de la portada: Departamento de diseño de Random
   House Mondadori
Fotografía de la portada: © Kobal

© de *The Shepherd*: 1975, Frederick Forsyth
© de *No Comebacks* y *Money with Menaces*:
   1972, 1973, 1979 y 1982, Frederick Forsyth
   Ilustraciones: © Hutchinson & Co. (Publishers) Ltd. 1975
© de la traducción, Isabel Esteban
© 1976, Random House Mondadori, S.A.
   Travessera de Gràcia, 47-49. 08021 Barcelona
© 2005, Editorial Sudamericana S.A.®
   Humberto I° 531, Buenos Aires, Argentina
Publicado por Editorial Sudamericana S.A.® bajo el sello Debolsillo
con acuerdo de Random House Mondadori

Impreso en la Argentina
ISBN 987-566-104-X
Queda hecho el depósito que previene la ley 11.723

www.edsudamericana.com.ar

EL GUÍA

Durante un breve espacio de tiempo, mientras aguardaba la señal de la torre de control para despegar, contemplé la campiña alemana que me rodeaba, a través de la cubierta de la cabina del piloto. Aparecía blanca y helada bajo la gélida Luna de diciembre.

A mi espalda, tenía el seto que constituía la linde de la base de la Royal Air Force, y más allá del mismo, según había vislumbrado al oscilar mi pequeño caza, en línea con la pista de despegue, la capa de nieve que cubría la explanada de la granja hasta alcanzar la hilera de pinos, situada a tres kilómetros de distancia y, sin embargo, tan visible que casi podría distinguir hasta el contorno de los árboles.

Ante mí, mientras estaba a la espera de oír la voz del oficial de control a través de los auriculares, se extendía la pista, una resbaladiza cinta de negro asfalto, flanqueada por dos hileras de luces, las cuales alumbraban el camino previamente despejado por las máquinas quitanieves. Detrás de las luces podían verse los bancos de nieve endurecida acumulada durante la

mañana por las barredoras. A lo lejos, a mi derecha, la torre del aeropuerto se mantenía erguida como una resplandeciente luminaria entre los hangares, en los que unos embufandados elementos de los equipos de tierra cerraban la estación para el resto de la noche.

En el interior de la torre de control —bien lo sabía—, el ambiente sería cálido y alegre, los mandos, deseosos de que yo partiera de una vez para cerrar, meterse en los coches que les aguardaban e incorporarse a las fiestas que se habían de celebrar en el pabellón de oficiales. A los pocos minutos de mi partida se extinguirían las luces, quedando únicamente los hangares, como agazapados para combatir la helada nocturna, los cazas uno junto a otro, los depósitos de combustible y, por encima, la luz, única, parpadeante, de la estación, rojo brillante sobre el campo blanco y negro, enunciando en morse el nombre de la estación —CELLE— en medio de un cielo desconocido. Aquella noche no habría pilotos deambulando de acá para allá y comprobando si estaban de servicio, porque aquella noche era la Navidad del año de gracia de 1957, y yo era un joven piloto, preocupado por conseguir permiso para pasar las fiestas en mi hogar de Blighty.

Tenía prisa, y mi reloj marcaba las diez y cuarto, según podía vislumbrar al pálido resplandor del panel de mandos, en el que los diales se estremecían y bailoteaban. Dentro de la cabina del piloto hacía un calorcillo agradable pues la calefacción estaba puesta al máximo para impedir que se helara la cubierta de plexiglás. Era algo así como un capullo, pequeño, cálido y seguro, que me protegía del acerado frío exterior, de la gélida noche capaz de matar a un hombre en un minuto si se exponía a él a una velocidad de 950 km por hora.

—Charlie Delta…

La voz del hombre de control me sacó de mi ensoñación; resonaba en los auriculares como si se hallara en la cabina, junto a mí, gritándome al oído. Pensé que ya se habría tomado un par de jarras. Estrictamente contra las órdenes, pero, ¡qué demonios! ¡Es Navidad!

—Charlie Delta… Control —repuse.

—Charlie Delta, listo para el despegue —declaró.

No vi necesidad de responder. Me limité a desembragar lentamente con la mano izquierda, a la vez que sostenía firmemente con la derecha al Vampire sobre la línea central. A mi espalda, el ahogado quejido del motor Goblin ascendió más y más, pasando de ser un grito hasta alcanzar la intensidad del alarido. El caza de morro corto recorría su camino, pasaba ante las luces a ambos lados en rápida sucesión, hasta que brillaron en borrosa continuidad. Se hizo ligero, el morro se inclinó levemente hacia arriba, liberando la rueda delantera de su contacto con la tierra, y el zumbido se extinguió instantáneamente. Segundos más tarde, las ruedas principales también perdieron contacto y su suave ronroneo cesó asimismo. Lo mantuve a poca altura por encima del suelo, permitiendo que adquiriera velocidad hasta que una mirada al indicador de la velocidad del aire me informó de que habíamos conseguido los 120 nudos y seguíamos ganando velocidad, hacia los 150. Cuando alcanzamos el fin de la pista, hice virar suavemente el aparato, al mismo tiempo que levantaba el tren de aterrizaje.

Procedente de la parte inferior del avión, y a mi espalda, oí el golpe seco de las ruedas principales al replegarse en sus cavidades y sentí la sacudida hacia delante del *jet*, al desaparecer el lastre del tren de aterrizaje que actúa de frenado. Frente a mí, las tres luces rojas correspondientes a las tres ruedas se habían apagado en el panel. Mantuve el aparato en un giro ascendente, mientras presionaba el botón de la radio con el pulgar izquierdo.

—Charlie Delta, pista libre, ruedas recogidas y cerradas —declaré desde el interior de mi máscara de oxígeno.

—Charlie Delta, Calavera, sobre el Canal D —repuso el hombre del control, y antes de que yo pudiera hacer el cambio, añadió—: Feliz Navidad.

Rigurosamente en contra de lo dispuesto por las leyes de radio, claro. Yo era muy joven entonces, y muy concienzudo. Pero repliqué:

—Gracias, torre; lo mismo te deseo.

Luego cambié de canal para sintonizar en la frecuencia del Control Aéreo de la RAF en el norte de Alemania.

Sobre mi muslo derecho llevaba sujeto el mapa con la derrota de mi viaje trazada en tinta azul, pero no lo necesitaba. Me sabía de memoria los detalles, pues lo había estudiado anteriormente con el oficial de navegación en el barracón correspondiente. «Girar sobre el campo CELLE con una inclinación de 265°, proseguir la ascensión hasta los 8.200 m. Al alcanzar altura, mantener el rumbo y la velocidad hasta los 485 nudos. A continuación, ponerse en contacto con el Canal D para informar que se halla con su área del espacio, y dirigirse en línea recta sobre la costa holandesa, al sur de Beveland, en el mar del Norte. Tras cuarenta y cinco minutos de vuelo, cambiar al canal F y llamar al control de Lakenheath para recibir instrucciones. Catorce minutos después, se hallará usted sobre Lakenheath. A continuación, seguir instrucciones, las cuales le facilitarán un descenso controlado por radio. Ningún problema, todo puro procedimiento de rutina. Un vuelo de sesenta y seis minutos, incluido descenso y aterrizaje, y el Vampiro llevaba combustible suficiente para una autonomía de vuelo de más de ochenta minutos.»

Oscilando sobre el campo CELLE a 1.750 metros, me enderecé y miré la aguja de mi brújula eléctrica que se fijaba, con toda facilidad, en un curso de 265°. El morro del aparato apuntaba hacia la helada cúpula negra del cielo nocturno, tachonado de estrellas tan fulgurantes que me deslumbraban por completo. Abajo, el mapa en blanco y negro del norte de Alemania se empequeñecía, y las oscuras masas de los bosques de pinos se entremezclaban con la blancura de los campos. Acá y allá brillaban las luces de un pueblo o ciudad pequeña. Allí abajo, por las calles alegremente iluminadas, discurrían los cantores de villancicos, llamando a las puertas decoradas con ramos de acebo, para cantar *Noche de Paz* y recoger *pfennigs* con destino a obras de caridad. Las amas de casa westfalianas estarían, sin duda, preparando jamones y gansos.

A 650 km de distancia, la historia se repetiría solo que los villancicos se cantarían en mi propia lengua; pero las melodías serían las mismas en su mayor parte y se comería pavo en vez de ganso. Pero era igual; tanto si le llamabas *Weihnachten* o Navidad, el fenómeno era idéntico en toda la Cristiandad, y era bueno regresar a casa.

Desde Lakenheath sabía muy bien que haría el trayecto en un autobús Liberty, que salía justamente después de medianoche; desde Londres confiaba en que alguien me llevaría hasta el hogar de mis padres, en Kent. A la hora del desayuno lo celebraría con mi familia. El altímetro señalaba 8.200 m. Enderecé el aparato hacia delante y desembragué para alcanzar una velocidad de 485 nudos y mantenerlo firme en un rumbo de 265°. En algún punto por debajo de mí desaparecería la tenebrosa frontera de la costa holandesa, y yo permanecería libre en el aire por espacio de veintiún minutos. Sin problemas.

El problema se inició a los diez minutos de hallarme sobre el mar del Norte, y tan despacio, que hubieron de transcurrir varios minutos antes de que me percatara de que, efectivamente, tenía uno. Durante algún tiempo no me había dado cuenta de que el ahogado ronroneo que percibía normalmente, a través de los auriculares, había cesado, para ser remplazado por un extraño vacío de silencio total. Quizá mi falta de concentración se debiera a mis pensamientos sobre el hecho de hallarme en casa y la familia que me aguardaba. La primera señal la tuve al echar una ojeada hacia abajo para comprobar el rumbo en la brújula. En lugar de continuar en los 265°, la aguja bailoteaba perezosamente por toda la esfera, pasando del Este al Oeste y del Norte al Sur con absoluta imparcialidad.

Expresé con unas palabrotas el sentimiento, muy poco propio del momento, que experimentaba hacia el instrumento en sí y su instalador, quien hubiera debido asegurarse de que era ciento por ciento seguro. Un fallo de la brújula, incluso en una noche de brillante luna como la que podía apreciarse a través del transparente techo de la cabina, no era cosa divertida. Sin embargo, no resultaba demasiado serio; llamaría a Lakenheath en muy pocos minutos y me darían un GCA, un control de aproximación a tierra, unas instrucciones facilitadas al segundo, que el equipo de tierra, que cuenta con excelentes medios, ofrece al piloto para ayudarle a aterrizar, aun en las peores condiciones atmosféricas, siguiendo un proceso de pantallas de radar ultraprecisas, por medio del cual se contemplaba su descenso durante todo el tiempo que dura el recorrido hasta tocar el asfalto, trazando su posición en el cielo metro a metro y segundo a segundo. Miré el reloj: treinta y cuatro minutos en el aire. Procuraría dar con Lakenheath ahora, ya en el límite exterior de mi control de radio.

Antes de probar Lakenheath, sería correcto informar al Canal D, con el que me hallaba sintonizado, de mi pequeño problema, para que, a su vez, comunicaran a Lakenheath que yo volaba sin brújula. Pulsé el botón de «transmisión» y llamé:

—Celle Charlie Delta, Celle Charlie Delta, llamando al control de North Beveland...

Me detuve. No era preciso insistir. En lugar del vívido crepitar de la estática y el agudo sonido de mi propia voz penetrándome en los oídos, tan solo alcanzaba a percibir un ahogado murmullo en el interior de la máscara de oxígeno. Mi propia voz hablando... para no ir a ninguna parte. Probé de nuevo, con el mismo resultado. A lo lejos, al otro lado de la vastedad del negro y helado mar del Norte, en el interior del acogedor complejo de cemento de North Beveland, habría unos hombres sentados detrás de su cuadro de mandos, bromeando y bebiendo a sorbos café o cacao caliente. Y no me oían. La radio había enmudecido.

Luchando contra la creciente sensación de pánico, capaz de matar a un piloto más aprisa que cualquier otra cosa, tragué saliva y conté lentamente hasta diez. Entonces cambié al Canal F para tratar de sintonizar Lakenheath, a lo lejos, frente a mí, en medio de la campiña de Suffolk, rodeada de bosques de pinos, al sur de Thetford, excelentemente equipada con un sistema GCA para recuperar los aparatos perdidos. En el Canal F, la radio seguía tan silenciosa como siempre. Mi propio murmullo en el interior de la máscara de oxígeno quedaba suavizado por el contorno de goma. El sostenido silbido del motor *jet* a mi espalda era la única respuesta que se podía obtener.

El cielo es un lugar muy solitario, y lo es mucho más en una noche de invierno. Y un *jet* caza monoplaza constituye un hogar solitario, una delicada caja de acero mantenida a flote por unas cortas alas, que avanza en el vacío helado impulsado por un tubo que arroja la fuerza de 6.000 caballos, cada vez que se enciende. Pero la soledad queda fuera, suprimida por el conocimiento que tiene el piloto de que le basta pulsar determinado botón para poder hablar con los demás seres humanos, personas que se preocupan de él, hombres y mujeres que forman un conjunto de estaciones por todo el mundo y que se hallan en conexión con su canal y en disposición de acudir en su ayuda. Cuando el piloto transmite, en cada una de estas pantallas se enciende una hilera de luces, que va desde el centro de la pantalla hasta el borde exterior, el cual aparece marcado, desde el 1 hasta el 360, que es el número de grados de una brújula. Cuando el rayo de luz toca el anillo, señala la posición del aparato respecto a la torre de control que le ha oído. Las torres de control se hallan en contacto, y por eso no resulta difícil determinar su posición trazando una cruz, con un error de unos pocos cientos de metros. Y ya no se está perdido, porque la gente pone manos a la obra en la tarea de hacerle bajar.

Los operadores de radar distinguen el pequeño punto que marca en la pantalla, el cual se diferencia de todos los demás; entonces lo llaman y le dan instrucciones.

—Empiece a bajar ahora, Charlie Delta, ya lo tenemos.

Son voces cálidas, experimentadas, voces que controlan un sinfín de instrumentos electrónicos, que pueden vigilar a través del cielo de invierno, a través de la lluvia y el hielo, sobre la nieve y las nubes, para localizar la forma perdida y devolverla a la pista de aterrizaje, lo que significa el hogar y la vida misma.

Cuando el piloto transmite. Mas para eso debe haber radio. Antes de haber finalizado la prueba con el Canal J, el de emergencia internacional, y después de obtener el mismo resultado negativo, comprendí que mi equipo de radio de diez canales estaba más muerto que el dodo.

A la RAF le había costado dos años enseñarme a pilotar sus aparatos, y la mayor parte del tiempo, precisamente, la había dedicado a las medidas que había de tomar en caso de emergencia. Lo importante, según solían decir en la escuela de aviación, no es el saber volar en perfectas condiciones, sino hacerlo en medio de serias dificultades y seguir con vida. Ahora la preparación comenzaba a surtir efecto.

Mientras trataba, en vano, de comprobar los canales de radio, escudriñaba con la vista el cuadro de mandos que tenía frente a mí. Los instrumentos me comunicaban su propio mensaje. No se trataba de una coincidencia: la brújula y la radio habían fallado al mismo tiempo; ambas trabajaban en conexión con los circuitos eléctricos del aparato. En algún lugar, bajo mis pies, entre los kilómetros de alambre de brillantes colores que formaban los circuitos, se había producido una avería en uno de los fusibles principales. Me dije a mí mismo que debía olvidarme del instalador de instrumentos y echarle todas las culpas al electricista. Entonces me di cuenta de la naturaleza del desastre que me afectaba.

«Lo primero que hay que hacer en un caso así —recordaba al sargento de vuelo Norris dirigiéndonos la palabra— consiste en reducir la velocidad de crucero a una de mantenimiento, para ahorrar combustible.»

«No conviene malgastar un carburante valioso, ¿no es cierto, caballeros? Es posible que lo precisemos más adelante. Por eso reduciremos la velocidad desde 10.000 r.p.m. a 7.200. De este modo, volaremos más lentamente, pero estaremos en el aire más tiempo, ¿no es cierto, caballeros?»

Siempre nos hablaba como si todos nos halláramos en la misma emergencia a un tiempo. Aflojé el mando del control de velocidad y me quedé mirando el cuentarrevoluciones. Pero también este era un instrumento eléctrico y, por tanto, lo perdí con todo lo demás cuando se fundió el fusible. Hice una estimación calculando la potencia del motor cuando el Goblin giraba a unas 7.200 r.p.m., y noté que el aparato perdía velocidad. El morro se levantó una fracción, y yo ajusté la línea de vuelo para mantener el nivel.

Los instrumentos principales que el piloto tiene frente a sí son seis, incluida la brújula. Los otros cinco son el indicador de la velocidad del viento, el altímetro, el indicador de dirección (el cual le señala si se balancea hacia la izquierda o la derecha) y el indicador de velocidad vertical (el cual le señala si asciende o desciende y, en ese caso, a qué velocidad lo hace), el indicador de marcha atrás (que indica si camina hacia atrás, como los cangrejos, por el cielo). Estos tres últimos son accionados eléctricamente por lo cual les había sucedido lo mismo que a la brújula. Esto me dejó solo con los dos instrumentos que actúan a presión: el indicador de la velocidad del viento y el altímetro. En otras palabras, sabía lo aprisa que volaba y a qué altura me hallaba.

Es perfectamente posible hacer un aterrizaje solo con estos instrumentos, encomendando el resto a esos elementos verdaderamente antiguos de ayuda a la navegación que son los ojos humanos. Posible sí que lo es, en condiciones de buen tiempo, a la luz del día y con cielo despejado, sin nubes. Es posible, únicamente posible, pero no aconsejable, tratar de pilotar un rapidísimo *jet* sin elementos científicos, utilizando la vista, mirando hacia abajo e identificando la curva de la costa, en donde forma un trazado fácilmente reconocible, descubriendo un depósito de forma distinta, el reflejo de un río, el cual, según el mapa atado al muslo, puede ser únicamente el Ouse, o el Trent, o el Támesis. A un nivel inferior, es posible diferenciar la catedral de Norwich de la de Lincoln, si es que se conoce la región lo suficiente. Por la noche, resulta imposible.

Lo único visible, de noche, incluso con una brillante Luna, son las luces. Estas tienen formas, vistas desde arriba. Manchester tiene un aspecto distinto de Birmingham; Southampton puede ser reconocido por la forma de su macizo puerto y el Solent, tallado en negro (el mar se ve así, negro), contra el fondo de las luces de la ciudad. Yo conocía Norwich muy bien y me sentía capaz de identificar la gran masa de la costa de Norfolk, formando curva, desde Lowestoft, a través de Yarmouth, hasta Cromer. Podía encontrar Norwich, el único núcleo importante de luces situado a 32 km hacia el interior, desde cualquier punto de la costa. Ocho kilómetros al norte de Norwich se hallaba el campo de aviación militar de Merrian St. George, cuyo indicador de luz roja intermitente mostraría su situación en medio de la noche. Por eso, si se les ocurría encender las luces del campo al oír el zumbido del motor de mi aparato volando bajo, podría aterrizar con plena seguridad.

Comencé a descender lentamente, en dirección a la costa próxima, mientras mi mente trabajaba febrilmente para adivinar cuánto tiempo de más llevaba volando, después de reducir la velocidad. El reloj me señaló que estaba en el aire desde hacía cuarenta y tres minutos. La costa de Norfolk debía de hallarse en algún punto frente a mí, 10 km bajo mis pies. Miré hacia arriba, a la Luna llena, que parecía un reflector en el reluciente firmamento, y agradecí su presencia.

Al mismo tiempo que el caza se desplazaba más y más hacia Norfolk, la sensación de soledad se iba apoderando de mí con creciente intensidad. Todo lo que me había parecido tan hermoso mientras ascendía alejándome del aeródromo westfaliano, se había convertido ahora en mi peor enemigo. Las estrellas ya no impresionaban con todo su esplendor; pensé en su hostilidad, brillando allí en medio, intemporales, infinitos perdidos de un espacio subcero sin fin. El firmamento nocturno, su temperatura estratosférica fija, noche y día igual, en un perenne 130° bajo cero, se convertía, en mi mente, en una prisión sin límites, estremecida de frío. Por debajo de mí, lo peor de todo, la carga brutal del mar del Norte, aguardando para engullirme a mí y a mi aparato, y sepultarnos para la eternidad en una cripta líquida en la que nada se mueve ni nada se moverá nunca de nuevo. Y nadie lo sabría.

A 4.500 m, y todavía en picado, empecé a darme cuenta de que había penetrado en el terreno de juego un nuevo y para mí último enemigo. A mis pies no se veía ningún mar de tinta negra a una distancia de unos 5 km, ni tampoco se advertía el semicírculo de centelleantes luces costeras, a lo lejos. Más allá, a mi derecha, a mi izquierda, al frente y, sin duda alguna, a mi espalda, la luz de la luna se reflejaba en un infinito y llano mar blanco. Quizá tenía un espesor de treinta o sesenta m, pero eso bastaba. Bastaba para obstruir toda visión y matarme: la niebla de East Anglia había llegado hasta allí.

Mientras me desplazaba en dirección Oeste procedente de Alemania, empezó a soplar una ligera brisa, desconocida por los hombres del tiempo, desde el mar del Norte hacia Norfolk. Durante el día anterior, las tierras llanas y abiertas de East Anglia se habían endurecido bajo el hielo y el aire a unas temperaturas de varios grados bajo cero. Por la tarde, el viento había impulsado un anillo de aire ligeramente más caliente fuera del mar del Norte y hacia las planicies de East Anglia. Allí, al ponerse en contacto con la tierra helada, los trillones de diminutas partículas de humedad del aire marino se habían vaporizado, formando esa clase de niebla que puede cubrir cinco condados en unos treinta minutos. Lo que no podía saber era hasta dónde se extendía por el Oeste; quizá hasta los West Midlands, para pegarse a las laderas de las montañas. No cabía pensar en sobrevolar la espesa niebla hacia el Oeste; sin equipo de navegación ni radio, me vería perdido en una zona extraña, no familiar. Tampoco podía especular con la posibilidad de regresar a Holanda y aterrizar en una de las bases de la Real Fuerza Aérea holandesa situadas a lo largo de toda la costa, pues carecía del combustible necesario para ello. Al confiar únicamente en mis ojos para orientarme, solo tenía dos alternativas: tomar tierra en Merrian St. George, o perecer sepultado bajo los restos del Vampire, en cualquier punto de los pantanos de Norfolk envueltos en la bruma.

A 3.000 m, levanté un tanto la proa del aparato, aumentando la fuerza del motor ligeramente para mantenerlo suspendido en el aire, pero utilizando algo más de mi precioso combustible. Como seguía siendo un producto de la educación recibida, traté de recordar las instrucciones del sargento de vuelo Norris.

«Cuando nos encontremos totalmente perdidos por encima de nubes cerradas, deberemos considerar la necesidad de abandonar el aparato, ¿no es cierto, caballeros?»

Claro que sí, sargento; pero, desgraciadamente, el asiento autopropulsado de Martin Baker no puede acoplarse al Vampire monoplaza, lo cual hace prácticamente imposible el saltar; los dos únicos supervivientes del experimento perdieron las piernas en el ensayo. Sin embargo, siempre habrá un primero con suerte. ¿Qué más, sargento?

«Por tanto, nuestro primer movimiento será el de llevar el aparato hacia el mar abierto, hacia un punto alejado de cualquier núcleo de habitación humana.»

Usted se refiere a poblaciones, sargento. La gente de ahí abajo paga para que nosotros volemos por ellos, no para que les caiga encima, el día de Navidad, un monstruo de diez toneladas de acero. Ahí abajo hay niños, escuelas, hospitales, hogares. Uno toma su aparato y se lo lleva al mar.

Pero todos los procedimientos eran impracticables, porque no mencionaban las posibilidades con que contaba un piloto, dando boqueadas en medio de la noche sobre el mar del Norte, con el rostro lacerado por el viento a temperaturas bajo cero, suspendido de un chaleco salvavidas amarillo, con el hielo incrustándose en los labios, cejas, orejas, y siendo desconocida su posición por los hombres que sorbían alegremente sus calientes ponches navideños, en cómodas habitaciones, a unos 450 kilómetros de distancia; ni se decía que sus posibilidades de subsistir son de una entre ciento, de vivir más de una hora. En las películas que se pasan en los cursos de entrenamiento se veían secuencias de individuos, felices al anunciar por radio que estaban cayendo al vacío, los cuales, después, eran recogidos por los helicópteros en cuestión de segundos, todo ello en las condiciones que ofrece un espléndido y cálido día de verano.

«Un último procedimiento, caballeros, para ser utilizado en casos de extrema necesidad.»

«Eso está mejor, sargento Norris, porque ese es el mío.»

«Cualquier aparato que se aproxime a las costas británicas, aparece en las pantallas de nuestro sistema de radar, del equipo de alerta. Por tanto, si hemos perdido el contacto por radio y no podemos transmitir nuestra emergencia, trataremos de atraer la atención de los equipos de radar, adoptando un comportamiento incongruente. Lo conseguiremos moviéndonos hacia el mar, para volar en pequeños triángulos, girando a la izquierda, otra vez a la izquierda y una última vez también a la izquierda, para formar los lados del triángulo, con una duración de dos minutos para cada lado. Cuando hayamos sido detectados en el aire, el encargado del control aéreo es debidamente informado y envía otro aparato a buscarnos. Como es natural, este nuevo aparato sí va equipado con radio. Al ser descubierto por el aparato de rescate, nos situamos en formación con él, y nos conducirá a tierra a través de la masa de niebla, consiguiendo un aterrizaje sin riesgos.»

Sí, este era el último recurso para salvar la vida. Ahora iba recordando los detalles con mayor claridad. El aparato de rescate te conduce a la salvación y vuela con el ala pegada a la tuya, es conocido con el sobrenombre del «guía». Consulté el reloj; llevaba cincuenta y un minutos en el aire, me quedaban treinta de combustible. La aguja del carburante señalaba que el depósito contenía un tercio de su capacidad. Como tenía la certeza de que me hallaba cerca de la costa de Norfolk y volaba a 3.000 m de altura a la luz de la luna, hice virar el aparato hacia la izquierda para comenzar a trazar el triángulo. Al cabo de dos minutos, giré nuevamente hacia la izquierda para trazar el otro lado, con la esperanza (sin brújula) de poder acertar los 120°, para lo cual utilicé la orientación que la luna podía ofrecerme. A mis pies, la niebla llegaba a lo lejos hasta donde alcanzaba ver, y frente a mí, en dirección a Norfolk, ocurría lo mismo.

Transcurrieron diez minutos, durante los que describí casi dos triángulos completos. Hacía años que no rezaba, lo que se dice rezar de verdad, y, realmente, me costaba hacerlo. Señor, haz el favor de sacarme de esta situación de todos los demonios… no, no se le debe hablar así. Padre nuestro que estás en los cielos… lo ha oído ya mil veces, ¿lo oirá de nuevo esta noche, otras mil veces más? ¿Qué se le dice en caso de apuro? Por favor, Dios mío, ¡haz que alguien me vea volar en triángulo y envíe a un «guía» que me ayude a tocar tierra! Por favor, ayúdame y te prometo… ¿Qué demonios puedo prometerle? No me necesita en absoluto, y yo, que soy quien le necesita, no me he acordado de Él durante tanto tiempo, que es posible que Él me haya olvidado completamente.

Cuando llevaba ya setenta y dos minutos en el aire, comprendí que no vendría nadie en mi ayuda. La aguja de la brújula seguía danzando sin rumbo fijo por toda la superficie de la esfera, con los restantes instrumentos eléctricos en silencio y todas las agujas apuntando a cero. El altímetro marcaba los 2.100 m, y descendí 900 al hacer el giro. Sin ningún resultado. El indicador del combustible señalaba un octavo de la capacidad, es decir, unos diez minutos más de vuelo. Sentí que me invadía la rabia de la desesperación y me puse a gritar ante el micrófono, que no recogía sonido alguno.

¡Estúpidos bastardos!, ¿por qué no miráis los cuadros de radar? ¿Por qué nadie me ve aquí arriba? ¡Todos borrachos, incapaces de hacer vuestro trabajo con propiedad! ¡Oh, Dios! ¿Por qué no me escucha nadie? Pero la rabia cedía y daba paso al sollozo propio de un niño, debido al abandono y desesperación que todo aquello me causaba.

Al cabo de cinco minutos sabía, con toda certeza, que moriría aquella noche. Cosa extraña, ya no estaba asustado, tan solo sumamente triste. Triste por todas las cosas que ya no haría nunca, los sitios a los que ya no iría, las personas a las que no vería nunca más. Es mala cosa, es una cosa muy triste morir a los veinte años sin haber vivido la vida, y lo peor de todo no es el hecho de morir, sino el darse cuenta de todo cuanto no se ha hecho.

Por fuera de la capota de la cabina, veía la Luna ocultándose, remontando el horizonte de espesa niebla blanca; dentro de un par de minutos, el firmamento estaría sumido en una oscuridad total y unos minutos más tarde me vería forzado a saltar del condenado aparato, antes de que realizara su último picado hacia el fondo del mar del Norte. Al cabo de una hora, yo también estaría muerto, flotando en el agua, con un chaleco de color amarillo brillante, que me daría una apariencia de Mae West, pero que únicamente llevaría dentro un rígido cadáver. Incliné el ala izquierda del Vampire hacia la Luna para conducir el aparato en el trazado final del último triángulo.

Abajo, en la parte inferior del ala, contra la sábana de niebla, bajo la Luna, una oscura sombra cruzó la blancura. Por un instante pensé que era mi propia sombra, pero, con la Luna por encima de mí, la sombra hubiese debido estar a mi espalda, detrás. Era otro aparato, pegado al banco de niebla, por debajo, que me acompañaba en mi giro, kilómetro y medio por debajo, a través del cielo, hacia la niebla.

El otro aparato marchaba por debajo y yo seguí girando, con el ala inclinada para no perderlo de vista. Como el otro avión hizo lo mismo, nos encontramos con que ambos habíamos completado una circunferencia completa. Solo entonces comprendí por qué estaba tan por debajo de mí, por qué no ascendía hasta situarse junto a mi ala. Volaba más lentamente que yo; no podría volar a mi lado aunque lo intentara. Procurando apartar el pensamiento de que pudiera tratarse

de otro aparato que siguiera su rumbo y que iba a perderlo en la niebla para siempre, accioné la palanca y comencé a descender hacia él. No podía reducir más la potencia, por temor a entrar en picado y perder el control del aparato. Para desacelerar todavía más, accioné los frenos de aire. El Vampire se estremeció al accionar los frenos, y el aparato disminuyó la velocidad hasta los 280 nudos.

Y entonces se elevó, acudiendo a mi encuentro, al mismo tiempo que oscilaba el ala izquierda. Distinguía claramente su oscura masa sobre el fondo de la blanca sábana de niebla, hasta que se puso a mi lado, a unos cien pasos escasos de la punta del ala, y nos enderezamos juntos, mientras intentábamos mantener la formación. La Luna quedaba a mi derecha, y mi propia sombra enmascaraba su contorno y forma; pero incluso entonces podía distinguir el zumbido de dos propulsores abriéndose paso en el firmamento por delante de él. Naturalmente, no podía volar a mi velocidad; yo era un caza de propulsión, y él, un avión de motor de pistón, de una generación precedente.

Por espacio de unos segundos se mantuvo a mi lado, la Luna por debajo de mí, casi invisible; luego se inclinó suavemente hacia la izquierda. Yo le seguí, manteniendo la formación, porque, evidentemente, era el «guía» que me había sido enviado para ayudarme a descender, y él tenía brújula y radio, y yo, no. Osciló 180° y luego se enderezó, volando recto a nivel, con la Luna a mi espalda. A juzgar por la posición del satélite terrestre que se ocultaba, nos dirigíamos hacia la costa de Norfolk y, por primera vez, pude verlo bien. Con gran sorpresa, comprobé que se trataba de un Mosquito De Havilland, un cazabombardero de la Segunda Guerra Mundial.

Entonces recordé que el Escuadrón Meteorológico de Gloucester utilizaba Mosquitos, los últimos en condiciones de volar, para examinar las capas superiores de la atmósfera con destino a la confección de los boletines meteorológicos. Había visto actuar aquellos Mosquitos en la batalla de Inglaterra, efectuando pasadas que suspendían el aliento de quienes los contemplaban y algunos movimientos de cabeza nostálgicos de los ancianos, iguales que los que reservaban para los Spitfire, Hurricane y Lancaster el 15 de setiembre.

En el interior de la cabina, a la luz de la Luna, distinguía la cabeza del piloto bien cubierto y los redondeles gemelos de los anteojos, mientras miraba en mi dirección a través de una ventanilla lateral. Con todo cuidado, alzó la mano derecha hasta que pude distinguirla en la ventanilla, con los dedos rectos y la palma boca abajo, lo que significaba: «Descendemos, forma a mi lado».

Asentí y levanté rápidamente mi mano izquierda, de modo que él la viera, y señalé hacia el cuadro de mandos con un dedo, extendiendo después los cinco dedos de la mano. Por último, me llevé la mano a la garganta. Dicho ademán significaba, para todos nosotros, que quedaban solo cinco minutos de combustible, antes de que se parase el motor. Vi cómo la cabeza recubierta por el gorro, protectores de las orejas y máscara de oxígeno, asentía para demostrar que había comprendido mi mensaje; y entonces nos dirigimos hacia la sábana de niebla. Mi acompañante aumentó la velocidad, y yo quité los frenos de aire. El Vampire dejó de temblar y se lanzó por delante del Mosquito. Reduje, y el ruido del motor se convirtió en un zumbido de poca intensidad, y de nuevo vi cómo el Mosquito quedaba a mi altura. Descendíamos directamente hacia la oculta campiña de Norfolk. Consulté el altímetro: 600 m, y seguíamos bajando.

Enderezó a 90 m, pero la niebla continuaba a un nivel inferior. Probablemente el banco de niebla estaba situado entre el suelo y los 30 m de altura, pero bastaba para impedir un aterrizaje sin un GCA. Imaginaba con facilidad el torrente de instrucciones que se estarían intercambiando entre el radar y los auriculares del hombre que volaba junto a mí, a unos 20 m, con dos capotas de plexiglás interpuestas entre nosotros, y una corriente de aire helado de una velocidad de 280 nudos. Mantuve los ojos fijos en él, conservando la formación lo más cerrada posible, temeroso de perderlo de vista por un instante, pendiente de cualquier señal que pudiera hacerme. Sobre el fondo de la blanca bruma, incluso cuando la Luna desapareció de nuestro campo de visión, me maravillaba la belleza del aparato; el morro corto y la capota semejante a una burbuja, la prominencia del plexiglás, en el centro mismo del morro del avión, equipada con dos cañones gemelos apuntando hacia el enemigo, las dos cápsulas del motor, alargadas, esbeltas, cada una de las cuales llevaba un motor Rolls Royce Merlin, una maravilla de la ingeniería, rugiendo en la noche en dirección a casa. Dos minutos más tarde, levantó su puño izquierdo y me lo mostró por la ventanilla, para abrir seguidamente la mano y extender los cinco dedos contra el cristal. Me indicaba que bajara el tren de aterrizaje. Moví la palanca hacia abajo y sentí el golpeteo opaco de las tres ruedas al salir al exterior, maniobra realizada con presión hidráulica, independiente del fallido sistema eléctrico.

El piloto del aparato «guía» señaló otra vez hacia abajo, marcando un nuevo descenso y, al oscilar bajo la luz de la Luna, descubrí las letras JK pintadas en el costado, grandes y negras. Probablemente, representaban la llamada «Juliet Kilo», y seguimos el descenso, ahora más suave.

Niveló justamente por encima de la capa de niebla, tan bajo, que los tirabuzones de algodón de azúcar se enroscaban en el fuselaje, y dibujamos un giro circular perfecto. Me las ingenié para echar una ojeada al indicador del combustible: marcaba cero, oscilando débilmente. ¡Por Dios, aprisa! Recé porque, si me fallaba el carburante, no podría elevarme hasta el mínimo de 155 m requeridos para saltar al vacío. Un caza de propulsión, a 30 m de altura, con el motor parado, es una auténtica trampa sin posibilidad alguna de salvación.

Durante dos o tres minutos pareció contentarse con mantener su lento movimiento circular, mientras a mí el sudor me bañaba la nuca y me corría por la espalda; tenía el traje de vuelo, de nilón, pegado a la piel. ¡Date prisa, hombre, aprisa!

De pronto enderezó el rumbo, tan aprisa que por poco lo pierdo al continuar girando. Lo vi un segundo después y capté el movimiento de su mano izquierda, que hacía la señal de descender. Se hundió entonces en la masa blanca, le seguí, y allí nos metimos, en un descenso vacío, plano, pero descenso al fin, y desde unos treinta metros escasos, hacia la nada.

Pasar de la luz, por débil que esta sea, al interior de una nube o masa de niebla, es como meterse en un baño de algodón gris. De pronto, no hay nada más que unos manojos grises que giran y se enredan, un millón de tentáculos que tratan de atraparlo a uno, de estrangularlo, que tocan la capota de la cabina en una suave caricia, para desaparecer en la nada. La visibilidad era cero, no se veía forma alguna, ni tamaño, ni sustancia. Excepto el contorno apenas visible del Mosquito, que se hallaba ahora apenas a unos 13 m del extremo del ala de su aparato, volando con absoluta determinación hacia algo que yo no podía ver. Solo entonces me percaté de que volaba sin luces. Por un instante, me quedé petrificado, horrorizado ante el descubrimiento; pero enseguida comprendí la sabiduría que encerraba su comportamiento. Las luces, en la niebla, son traicioneras, alucinantes, mesméricas. Te puedes sentir atraído hacia ellas, sin saber si te hallas a 10 o a 30 m de distancia. La tendencia es dirigirse hacia ellas; para dos aparatos que vuelan en formación en el interior de una masa de niebla, puede representar un desastre. El hombre obraba cuerdamente.

Como me mantenía en formación con él, me di cuenta de que disminuía la velocidad, porque yo también me veía obligado a reducir, aflojando el gas, para avanzar más lentamente. En una fracción de segundo consulté los dos instrumentos que precisaba: el altímetro marcaba cero, al igual que el indicador de combustible, y ni uno ni otro oscilaban siquiera. El indicador de velocidad en el aire señalaba 120 nudos, y el condenado ataúd caería del cielo a una velocidad de 95.

Sin previo aviso, el guía me hizo una indicación con el dedo índice y luego lo sacudió a través del parabrisas. Aquello significaba: «Ahí lo tienes, aterriza». Yo miraba hacia delante, a través del parabrisas, que ahora parecía chorrear. Nada. Pero, de pronto, sí, algo. Algo borroso a la izquierda, luego a la derecha. Aureolas de bruma, a ambos lados distinguía unas hileras de luces que se deslizaban a pares. Forcé la vista para descubrir lo que pudiera haber entre ellas. Nada, oscuridad. Luego, una raya de pintura que discurría bajo el fuselaje. La línea central. Reduje toda la potencia con frenesí y mantuve el rumbo del aparato firmemente, rezando para que el Vampire se posara.

Las luces se levantaban, casi a la altura de los ojos y, sin embargo, no había logrado posarme. *Bang*. Tocaba, tocaba tierra. *Bang-bang*. Otro contacto, se levantaba otra vez, unos centímetros por encima de la pista negra y húmeda. Bam-bam-bam-bamban-ruum.

Me había posado. Las ruedas principales habían tomado contacto y se mantenían con firmeza.

El Vampire rodaba a unos 140 km por hora a través de un mar de bruma gris. Toqué los frenos, y el morro se inclinó también sobre el suelo. Bajar la presión, evitar patinazos; mantenerla firmemente, evitar deslizamientos; ejercer mayor presión sobre los frenos o me saldré del final de la pista. Ahora las luces discurrían con mayor lentitud, despacio, despacio, despacio…

El Vampire se detuvo, y noté las manos agarrotadas sobre la columna del control, apretando la palanca del freno hacia dentro. Perdí la noción del tiempo en que me mantuve en dicha posición antes de creer, de verdad, que me había detenido. Finalmente, sí, lo creí. Entonces accioné el frenado total de estacionamiento y solté el freno principal. Luego me disponía a parar el motor, porque resultaba absolutamente imposible tratar de rodar en medio de aquella niebla, por lo cual tendrían que arrastrar el aparato con un Land-Rover. Pero no fue preciso detener el motor, porque al haberse quedado definitivamente sin combustible, el Vampire se había limitado a deslizarse por la pista. Desconecté los restantes sistemas, carburante, hidráulico, eléctrico y de presión y, muy lentamente, inicié los necesarios movimientos para soltarme del asiento y desprenderme del equipo paracaídas balsa de salvamento. Al hacerlo, algo me llamó la atención. A mi izquierda, a través de la bruma, a una distancia no superior a los 15 m, volando bajo sobre el suelo con las ruedas recogidas, el Mosquito pasó por mi lado con su rugiente motor. Vi la mano del piloto por la ventanilla lateral; luego desapareció en medio de la niebla antes de que pudiera ver mi ademán de reconocimiento y saludo. Pero yo ya había tomado la decisión de llamar a RAF Gloucester y darles las gracias personalmente, desde el pabellón de oficiales.

Con los sistemas desconectados, la cabina se iba recubriendo de vaho con gran rapidez, así es que solté la capota hacia arriba y atrás, manualmente, hasta que se cerró. Solo entonces, al ponerme en pie, me di cuenta del frío que hacía. Vestía únicamente el traje de vuelo de nilón, sumamente fino, y me estaba helando a toda prisa, a pesar de haber mantenido hasta el momento el cuerpo a una buena temperatura. Confiaba en ver llegar el camión de la torre de control dentro de unos segundos, porque ante un aterrizaje forzoso, y aun tratándose del día de Navidad, eran enviados inmediatamente el coche contra incendios, la ambulancia y otra media docena de vehículos. Pero no pasaba nada. Al menos, no en diez minutos.

Por fin, dos luces se abrieron paso entre la niebla; para entonces me sentía congelar. Las luces se detuvieron a 6 m del Vampire, empequeñecidas por la mole del bombardero. Una voz gritó:

—¡Eh! ¡Los de ahí!

Salí de la cabina, salté desde el ala al suelo y corrí hacia las luces. Resultaron ser los focos delanteros de un viejo maltrecho Jowett Javelin. No distinguía ninguna marca que lo identificara como perteneciente a las Fuerzas Aéreas. Al volante se veía un rostro congestionado, enrojecido, provisto de un formidable mostacho. Al momento, se cubría con una gorra de oficial de la RAF. Se me quedó mirando cuando emergí de la niebla.

—¿Es suyo? —preguntó, indicando la imprecisa silueta del Vampire.

—Sí —repuse—, acabo de tomar tierra.

—Extraordinario —afirmó—, absolutamente extraordinario. Es mejor que suba enseguida. Le llevaré al cuerpo de oficiales.

Agradecí el cálido interior del vehículo, que era tanto como sentirme vivo.

Metió la primera y comenzó a poner en marcha el anticuado vehículo, conduciéndolo hacia la parte posterior, por el carril de coches, dirigiéndose evidentemente hacia la torre de control. Al apartarnos del «Vampire», comprobé que había tomado tierra a unos 6 m de un campo de labor, junto al final de la pista.

—Ha tenido usted una suerte condenada —dijo o casi gritó, porque llevaba el motor en primera, con el consiguiente ruido, y parecía tener dificultades con el embrague. A juzgar por el olor a whisky que desprendía su aliento, no resultaba sorprendente.

—Una suerte tremenda —asentí—. Me quedé sin carburante justamente al tomar tierra. La radio y todos los sistemas eléctricos habían dejado de funcionar cincuenta minutos antes, sobre el mar del Norte.

Tardó varios minutos en digerir bien la información.

—Extraordinario —declaró, al fin—. ¿Sin brújula?

—Sin brújula. Volaba siguiendo un rumbo aproximado, guiándome por la Luna. Eso, mientras me mantuve sobre la costa, o según lo que juzgaba que podía serlo. Después...

—¿No funcionaba la radio?

—No —afirmé—. Todos los canales quedaron mudos.

—¿Cómo encontró este lugar? —inquirió.

Me estaba impacientando. Aquel hombre debía de ser un oficial retirado, no demasiado brillante, y quizá nunca llegó a volar siquiera, a pesar de los bigotes. Un tipo de tierra. Y, además, borracho. No debería estar de servicio a aquellas horas de la noche.

—Me trajeron —expliqué pacientemente. Como los procedimientos de emergencia habían funcionado tan divinamente, aquello parecía cosa de nada, y la juventud se repone con facilidad. Así que añadí—: Volaba en corto, describiendo triángulos a la izquierda, tal como está mandado, y ellos me enviaron un guía para recogerme y ayudarme a descender. No ha habido problema alguno.

Se encogió de hombros, como diciendo: «Si usted se empeña». Finalmente, añadió:

—De todas maneras, ha tenido una suerte enorme. Me sorprende que el otro tipo diera con esto.

—Pero eso no resultó fácil —expliqué pacientemente—. Era uno de los aparatos meteorológicos de la RAF Gloucester. No hay duda de que la radio le funcionaba. Así es que bajamos en formación, con ayuda de un sistema de recepción de instrucciones desde tierra, un GCA. Luego, al ver las luces al comienzo de la pista, aterricé solo.

El hombre, además de borracho, era lento de entendimiento.

—Extraordinario —afirmó, succionando una gota de humedad que le pendía del bigote—. No contamos con ese sistema aquí, con ese GCA. No disponemos de equipo alguno de navegación de ninguna clase, ni el más elemental.

Ahora me tocaba a mí solicitar información.

—¿Esto no es RAF Merriam St. George? —pregunté con un hilo de voz. Él negó con la cabeza—. ¿Marham? ¿Chicksands? ¿Lakenheath?

—No —respondió—. Esto es RAF Minton.

—No lo había oído mencionar nunca —respondí, al fin.

—No me sorprende. No somos una estación operacional y no lo hemos sido por espacio de muchos años. Minton es una estación de almacenamiento. Perdone.

Detuvo el vehículo y se apeó. Comprobé que estábamos a unos pasos del desdibujado contorno de la torre de control, situada junto a una larga hilera de barracones Nissen, en otro tiempo, evidentemente, dedicados a naves de vuelo, navegación e instrucción.

Por encima de la estrecha puerta al pie de la torre, por la cual había penetrado el oficial, pendía una lámpara carente de protección. A su luz me di cuenta del aspecto que ofrecían las ventanas rotas, las puertas cerradas, el abandono y descuido generales. El hombre regresó y se dejó caer frente al volante.

—Fui a apagar las luces —dijo, y eructó.

Mi mente era un torbellino. Aquello era locura, necedad, carecía de lógica. Sin embargo, debía de haber una explicación razonable para todo el asunto.

—¿Por qué las encendió? —quise saber.

—Fue el zumbido de su motor —repuso—. Yo me hallaba en el pabellón de oficiales tomando una copa, y el viejo Joe me sugirió que echara un vistazo por la ventana. Y allí estaba usted, describiendo círculos por encima de nuestras cabezas. Se le oía muy bajo, como si estuviera descendiendo en situación apurada. Pensé que podría ayudarle, y al recordar que las luces de balizaje de la pista no habían sido desconectadas nunca cuando desmantelaron la estación, corrí hacia la torre de control y las encendí.

—Ya entiendo —dije, si bien no entendía nada. Claro que debía de haber alguna explicación.

—Por eso tardé tanto en ir a buscarlo, ya que tuve que regresar al pabellón para recoger el coche, después de haberlo oído posarse. Luego tenía que encontrarle. ¡Condenada noche de niebla!

«¡Y tanto!», pensé. El misterio que veía en el fondo de todo el asunto, me tuvo confundido durante algunos minutos. Luego tanteé otra explicación:

—¿En dónde se halla situada, exactamente, RAF Minton? —le pregunté.

—Ocho kilómetros hacia el interior partiendo de Cromer. Aquí es donde estamos —aclaró.

—¿Y dónde se halla la estación operacional más próxima de la RAF, que disponga de completo equipo de radio, incluidos el de GCA?

Estuvo pensando unos minutos.

—Debe de ser Merriam St. George —repuso—. Allí tienen, sin duda, todas esas cosas. Bueno, creo yo, pues solo soy un tipo de almacén.

Esa era la explicación. Mi desconocido amigo del avión de reconocimiento me conducía directamente desde la costa hasta Merriam St. George. Por casualidad, Minton, los abandonados almacenes de Minton, con su enrejado de luces de balizaje y su comandante en jefe, borracho, quedaban junto a lo largo de la ruta que conducía a la pista de Merriam. El oficial de control de Merriam nos había pedido que describiéramos un círculo dos veces, mientras él encendía las luces de la pista a diez millas de distancia y, al mismo tiempo, este pobre loco las había encendido también. Resultado: al recorrer las últimas diez millas, había llevado mi «Vampire» a una estación distinta de la que pensaba. Estaba a punto de decirle que no se interfiriera más en los procedimientos modernos que era incapaz de comprender, cuando literalmente me tragué las palabras. Se me había acabado el combustible justamente a mitad del recorrido de la pista. No habría llegado nunca hasta Merriam, a 16 km de distancia. Me habría estrellado contra los campos, desde baja altura. Por una extraña circunstancia, había tenido, como él dijo antes, una condenada suerte.

Cuando logré elaborar una teoría perfecta para explicar mi presencia en aquel campo semiabandonado, ya habíamos llegado al pabellón de oficiales. Mi anfitrión estacionó el coche delante de la puerta y nos apeamos. Una luz alumbraba la entrada del vestíbulo, dispersaba la niebla e iluminaba el escudo tallado, aunque ya deteriorado, de la Royal Air Force, colocado justamente encima de la puerta. A un lado se veía una placa, adosada a la pared, que decía: *RAF Station Minton*. Al otro lado, otra placa anunciaba: *Pabellón de oficiales*. Y entramos dentro.

El vestíbulo delantero era grande y espacioso, pero construido, evidentemente, en los años anteriores a la guerra, cuando estaban en boga las ventanas con marcos metálicos. El lugar se hacía acreedor a la expresión de «Ha conocido mejores días». Tan solo dos butacas desvencijadas ocupaban la antecámara, capaz para veinte como ellas. El guardarropa de la derecha no contenía más que una hilera de colgadores vacíos. Mi anfitrión, que se había presentado a sí mismo como teniente de Aviación Marks, se quitó la chaqueta de piel de borrego y la arrojó en una silla. Llevaba pantalones de uniforme, pero, en lugar de la guerrera, lucía un deformado jersey azul. Debía de ser una cosa muy triste pasar unas Navidades de servicio en un lugar como aquel.

Me explicó que era el segundo en el mando del puesto; el comandante era un jefe de escuadrilla que estaba de permiso. Aparte él y el comandante, la estación contaba con un sargento, tres cabos, uno de ellos de servicio aquella Navidad, y presumiblemente solo en el pabellón de cabos, así como veinte administrativos de almacén, todos ellos disfrutando de permiso. Cuando no se hallaban de servicio, pasaban los días clasificando toneladas de sobrantes de equipo, paracaídas, botas y otra impedimenta necesaria para el vuelo.

El fuego no estaba encendido en el vestíbulo, a pesar de contar con un hogar construido de ladrillo rojo, de grandes proporciones; tampoco lo había en el bar; ambas estancias estaban heladas, y empecé a estremecerme de frío otra vez, después de haberme recuperado en el coche. Marks asomaba la cabeza por las distintas puertas que se abrían al vestíbulo, llamando a alguien que respondía al nombre de Joe. Yo miraba a mi vez, después de hacerlo él y así recorrí con la vista el espacioso pero desierto comedor, en el que tampoco había fuego encendido, y los dos pasillos iguales, uno que llevaba a las habitaciones privadas de los oficiales, y el otro, a las salas del mando. Jamás se altera el diseño de los pabellones de la RAF; siguen siempre idéntica pauta.

—Lo siento, pero esto no resulta muy acogedor, muchacho —se excusó Marks, al fallar su intento de encontrar a Joe—. Como solo estamos nosotros dos en toda la estación y no esperamos nunca visitas, hemos convertido dos habitaciones en una especie de apartamento completo, donde vivir. No merece la pena utilizar todo este espacio solo para dos personas. Además, no puedes caldearlas en invierno; es imposible con el carburante que te dan. Y no cuentas con el equipo de mantenimiento necesario.

Parecía razonable lo que decía. Yo, en su lugar, probablemente habría hecho lo mismo.

—No se preocupe —dije, depositando el casco de vuelo y la máscara de oxígeno en la otra butaca—. Pero me iría bien un baño y comer algo.

—Creo que eso podremos arreglarlo —respondió, esforzándose por mostrarse como un anfitrión genial—. Joe le preparará una de las habitaciones libres. Contamos con muchas. Además calentará agua. También preparará algo que comer. No gran cosa, me temo. ¿Bastarán unos huevos con jamón?

Asentí. Al llegar a este punto, comprendí que Joe era el camarero.

—Irán estupendamente. Mientras tanto, ¿me permite que use el teléfono?

—Claro que sí, claro que sí, por supuesto, tiene usted que dar su informe.

Me condujo hasta la oficina del secretario del pabellón, una puerta junto al bar. Era pequeña y hacía frío en ella, pero tenía una silla, una mesa escritorio y un teléfono. Marqué el 100 para el operador local y, mientras aguardaba, regresó Marks con un vaso de whisky. Normalmente, casi nunca tomaba alcohol, pero me haría entrar en calor, por lo cual se lo agradecí, y él se marchó para supervisar la tarea del camarero. El reloj me indicó que casi era medianoche. ¡Vaya forma de pasar la Nochebuena! Luego recordé que treinta minutos antes suplicaba a Dios que me ayudara un poco, y me sentí avergonzado.

—Little Minton —respondió una voz insegura. Le

costó mucho tiempo conseguirlo, porque yo no tenía el teléfono de Merriam St. George; pero, al fin, la chica pudo localizarlo. A través de la línea me llegaba el rumor de la fiesta de la familia de la operadora de teléfonos en una habitación posterior. Probablemente, la vivienda estaría instalada junto a la oficina local de Correos.

—Aquí RAF Merriam St. George —contestó una voz masculina. «Cuerpo de guardia, sargento de servicio», pensé.

—El controlador de servicio, Control de Tráfico Aéreo, por favor —repuse.

—Lo siento, señor —contestó la voz—. ¿Quién llama, por favor?

Declaré mi nombre y grado. Le dije que llamaba desde RAF Minton.

—Está bien, señor. Pero lamento decirle que no hay vuelos esta noche. No hay nadie de guardia en el Control de Tráfico Aéreo. Tan solo hay algunos oficiales en el pabellón.

—Entonces, haga el favor de ponerme con el oficial de servicio.

Era evidente que estaba en el pabellón, ya que podían oírse perfectamente al fondo, unas voces animadas. Expliqué todo lo referente a la emergencia sufrida, y el hecho de que su estación hubiera sido alertada para recibir a un Vampire de combate, que se acercaba siguiendo instrucciones de un GCA de emergencia, sin radio. Me escuchó atentamente. Quizá era joven y, a juzgar por su voz, estaba sobrio, tal como debe mantenerse un oficial de servicio, incluso en Navidad.

—No sé nada de eso —declaró al final—. No creo que se haya abierto la estación desde que la cerramos, a las cinco de esta tarde. Pero yo no pertenezco al Tráfico Aéreo. Aguarde un momento. Avisaré al comandante de vuelo. Está aquí.

Se produjo una nueva pausa, y luego se oyó a través de la línea una voz de hombre maduro. Expliqué de nuevo todo el asunto.

—¿Desde dónde llama? —preguntó, después de anotar mi nombre, grado y la base a la que pertenecía.

—RAF Minton, señor. Acabo de hacer un aterrizaje forzoso. Al parecer, esto se encuentra casi abandonado.

—Sí, ya lo sé —balbuceó—. ¡Condenada mala suerte! ¿Quiere que enviemos un coche a recogerle?

—No, no se trata de eso, señor. No me importa estar aquí. Lo que ocurre es que he aterrizado donde no debía. Creo que me dirigía hacia un campo siguiendo a un GCA.

—¿Está seguro? Debe usted saberlo. De acuerdo con sus palabras, usted pilotaba la condenada cosa.

Respiré profundamente y comencé el relato desde el principio.

—Mire usted: me interceptó el aparato meteorológico de Gloucester, que me condujo hasta aquí. No tenía otro modo de descender. Pero cuando vi las luces de Minton, aterricé aquí creyendo que se trataba de Merriam St. George.

—¡Espléndido! —exclamó al fin—. ¡Maravillosa exhibición de vuelo de ese piloto de Gloucester! Claro, esos chicos salen en todas condiciones. Es su trabajo. ¿Qué quiere usted que hagamos?

Me exasperaba cada vez más. Podía ser comandante de vuelo, pero no estaba muy lúcido aquella Navidad.

—Llamo para avisarles que retiren la alerta que tienen en su radar y control aéreo, señor. Deben de estar a la espera de un Vampire que no llegará nunca. Ya ha llegado aquí, a Minton.

—¡Pero si tenemos el campo cerrado a la navegación! —repuso—. Cerramos todos los sistemas a las cinco. Desde entonces no se ha recibido ninguna llamada.

—Pero, ¡Merriam St. George tiene un GCA! —protesté.

—¡Ya lo sé! —gritó a su vez—. Pero no ha sido utilizado esta noche. Ha permanecido cerrado desde las cinco.

Entonces, muy lenta y cuidadosamente, hice la siguiente y última pregunta:

—¿Podría decirme, señor, dónde está emplazada la estación más próxima de la RAF que mantenga abierta durante toda la noche la banda de 121,5 m y la estación más próxima a donde me encuentro, que mantenga un servicio de escucha abierto durante las veinticuatro horas?

(121,5 m es la frecuencia internacional para emergencia aérea.)

—Sí —repuso, igualmente despacio—. Al Oeste, RAF Marham. Al Sur RAF Lakenheath. Buenas noches. Feliz Navidad.

Colgó el teléfono. Me recosté en el respaldo y respiré profundamente. Marham quedaba a sesenta y cuatro kilómetros al otro lado de Norfolk; Lakenheath, sesenta y cuatro kilómetros al Sur, en Suffolk. Con el combustible que llevaba, no habría podido llegar a Merriam St. George, y aunque hubiera podido llegar, ¡estaba cerrado! Así es que, ¿cómo podría haber llegado a Marham o Lakenheath? Y le he dicho al piloto de aquel Mosquito que no me quedaban más que cinco minutos de carburante. En cualquier caso, volaba demasiado bajo después de haber penetrado en la niebla, y resultaba imposible que pudiera volar sesenta y cuatro kilómetros en tales condiciones. El hombre debe de estar loco.

Comenzó a revelárseme que, en realidad, a quien le debía la vida no era al piloto meteorológico de Gloucester, sino al teniente de Aviación Marks, repleto de cerveza, burbujeante y pintoresco teniente de Aviación Marks, que no distinguía un extremo del aparato del otro, pero que recorrió a la carrera los cuatrocientos metros, a través de la niebla, para encender las luces de una pista abandonada, porque oyó un motor de propulsión volando bajo, por encima de su cabeza, demasiado cerca del suelo. Pero el Mosquito debía de haber llegado ya a Gloucester y tenía que saber que yo estaba vivo, a pesar de todo.

—¿Gloucester? —inquirió la operadora—. ¿A estas horas de la noche?

—Sí —repuse con firmeza—. Gloucester, a estas horas de la noche.

Una cosa cierta con las escuadrillas meteorológicas es que se hallan siempre de servicio. El oficial de servicio recibió la llamada. Le expliqué mi posición.

—Me parece que debe de haber algún error, oficial —dijo—. No puede haber sido uno de nuestros aparatos.

—Oiga, eso es RAF Gloucester, ¿verdad?

—Sí, así es. Oficial meteorológico de servicio, al habla.

—Estupendo. ¿Y su unidad cuenta con aparatos Mosquito para tomar la presión y la temperatura a determinadas altitudes?

—No —replicó—. Antes sí que utilizábamos Mosquitos. Pero hace tres meses que están fuera de servicio. Ahora empleamos Canberras.

Yo sostenía el teléfono y lo miraba con gesto de incredulidad. Entonces se me ocurrió una idea y pregunté:

—¿Qué pasó con ellos?

Desde luego, aquel individuo poseía un tesoro de cortesía y paciencia para contestar a semejante tipo de preguntas a aquellas horas de la noche.

—Los desguazarían, creo, o los enviarían a museos; es lo más seguro. Hoy son muy raros de encontrar.

—Claro, comprendo —repliqué—. ¿Es posible que alguno de ellos haya sido vendido a una persona privada?

—Supongo que sí —declaró, al fin—. Depende del Ministerio del Aire. Pero creo que deben de haber sido donados a museos de Aviación.

—Gracias. Muchas gracias. Y feliz Navidad.

Colgué el teléfono y moví la cabeza con sorpresa. ¡Qué noche! ¡Qué noche tan terrible! Primero pierdo el contacto por radio, y todos los instrumentos se me vuelven locos; luego me extravío y me quedo sin carburante; a continuación, soy recogido por un lunático apasionado por la navegación aérea de aparatos veteranos, que conduce su propio Mosquito a través de la noche y que me ha descubierto y está a punto de acabar conmigo, y, por fin, un oficial de tierra, medio borracho, tiene el sentido común de encender las luces de la pista de aterrizaje con tiempo suficiente para salvarme. Pero una cosa era cierta: aquel as de la aviación *amateur* no tenía ni la más remota idea de lo que estaba haciendo. Por otra parte, ¿qué hubiera sido de mí sin su ayuda? A estas horas flotaría muerto en el mar del Norte.

Con lo que me quedaba de whisky, brindé por él y su extraña pasión por volar en aparatos fuera de uso, y me lo eché al coleto. El teniente de Aviación Marks asomó la cabeza por la puerta.

—Tiene preparada la habitación —dijo—: es la número diecisiete, al fondo del pasillo. El agua del baño se está calentando. Si no le importa, creo que me iré a dar una vuelta. ¿Necesita algo más?

Le recibí más amistosamente que la vez anterior, porque lo merecía.

—Nada. Estoy muy bien. Muchas gracias par todo.

Recogí el casco y me eché a andar por el pasillo, a lo largo del cual se alineaban los números de los dormitorios de los oficiales solteros que, desde largo tiempo atrás, estarían alojados en otros sitios. De la puerta abierta correspondiente a la habitación número diecisiete salía un rayo de luz que caía sobre el pasillo. Al penetrar en la habitación, se enderezó un hombre de edad que se hallaba inclinado ante el hogar. Me saludó militarmente. Los camareros que atienden al servicio de los pabellones suelen pertenecer a la RAF. Aquel hombre debía de tener setenta años y, obviamente, se trataba de un empleado civil que había sido reclutado.

—Buenas noches, señor —dijo—. Joe a su servicio, señor. Soy camarero.

—Sí, Joe, Mr. Marks así me lo ha dicho. Lamento causarle tantos trastornos a estas horas de la noche. Acabo de tomar tierra, como usted debe saber.

—Sí, Mr. Marks me lo ha contado. Su habitación quedará lista inmediatamente. En cuanto el fuego arda, resultará mucho más cómoda.

El frío aún no había desaparecido de la habitación, por lo cual me estremecí, enfundado todavía en el traje de nilón. Debía de haberle pedido prestado un jersey a Marks, pero se me olvidó.

Decidí tomar mi solitaria cena en la habitación y, mientras Joe iba a buscarla, me bañé deprisa, porque el agua ya estaba razonablemente caliente. Mientras me secaba con la toalla y me enfundaba en el largamente usado pero cálido batín que Joe me había proporcionado, este dispuso una mesita y un cubierto, así como una fuente de huevos con jamón. La temperatura de la habitación había subido notablemente, el fuego de carbón ardía con bríos, y las cortinas estaban echadas. Mientras comía —despaché el alimento en solo unos minutos, pues me sentía hambriento—, el anciano camarero se quedó para darme conversación.

—¿Lleva mucho tiempo aquí, Joe? —le pregunté, más por cortesía que porque me interesara realmente.

—¡Oh! Sí, señor, casi veinte años; justamente desde antes de la guerra, cuando se abrió la estación.

—Habrá usted presenciado muchos cambios, ¿eh? Siempre no debe de haber sido así.

—No lo era, señor.

Y empezó a contarme cómo eran aquellos días en que las habitaciones desbordaban de jóvenes pilotos, el comedor repleto de ruidos de platos y cubiertos; el bar, animado con toda clase de sones; de meses y años, durante los cuales el cielo de aquellas pistas rugía constantemente a causa de la presencia de los motores de pistón que se llevaban los aparatos a la guerra y los traían de nuevo, de regreso.

Mientras él hablaba, terminé de cenar y vacié el resto de la media botella de vino tinto que Joe me había traído del bar. Un camarero excelente, el tal Joe. Al terminar la cena, me levanté de la mesa, saqué un cigarrillo del bolsillo de mi traje de vuelo, lo encendí y me di una vuelta por la habitación. El camarero empezó a recoger la mesa y retirar el servicio. Me paré ante una vieja fotografía enmarcada, único elemento depositado sobre la repisa de la chimenea. Me detuve con el cigarrillo a medio camino de los labios, y sentí que la habitación se quedaba súbitamente helada.

La fotografía era antigua y tenía manchas, pero resultaba suficientemente clara detrás del cristal. Mostraba a un joven, aproximadamente de mi edad, vestido con traje de vuelo. Pero no llevaba el equipo de nilón azul y reluciente casco de plástico de nuestros días, sino unas botas forradas de piel de cordero, unos bastos pantalones de sarga y una gruesa chaqueta de piel de cordero, con cremallera. De su mano izquierda pendía uno de aquellos gorros blandos que solían llevar, con anteojos incorporados, en lugar del moderno visor oscuro del piloto de hoy. Estaba de pie, con las piernas separadas y la mano derecha sobre la cadera, en una postura desafiante, pero no sonreía. Contemplaba la cámara con intensidad en la mirada. Y sus ojos denotaban tristeza.

A su espalda, perfectamente visible, se destacaba su aparato. No había duda, se trataba de la esbelta silueta de un caza-bombardero Mosquito, equipado con las dos cápsulas, las que contenían los dos motores Merlin que le proporcionaban aquellas características formidables. Estaba a punto de decirle algo a Joe, cuando noté un airecillo frío por la espalda.

Una de las ventanas se había abierto, y el aire helado penetraba traicioneramente.

—La cerraré, señor —dijo el hombre, haciendo ademán de dejar los platos sobre la mesa.

—No, lo haré yo mismo.

Dos pasos me separaban de la ventana abierta, sostenida por su marco de metal. Para manejarla con más seguridad, me introduje detrás de la cortina y miré hacia fuera. La niebla jugueteaba en guirnaldas alrededor del viejo pabellón, al irrumpir en ella la corriente de aire cálido procedente de la abierta ventana. En algún punto, a lo lejos, en la niebla, creí percibir el ruido de unos motores. Pero no, no eran motores, sino la motocicleta del hijo de algún granjero que acabaría de dejar a la novia junto a un seto. Cerré la ventana, asegurándola bien, y regresé al interior de la habitación.

—¿Quién es ese piloto, Joe?

—¿El piloto, señor?

Indiqué la solitaria fotografía sobre la repisa de la chimenea.

—¡Oh! Ya veo, señor. Es una foto de Mr. Kavanagh. Estuvo aquí durante la guerra, señor.

Colocó un vaso de vino encima de los platos que llevaba en las manos.

—¿Kavanagh? —Me encaminé hacia la fotografía y la examiné atentamente.

—Sí, señor. Un caballero irlandés. Un hombre muy correcto, si se me permite decirlo así. En realidad, esta era su habitación.

—¿A qué escuadrón pertenecía, Joe?

Continué observando el aparato que se veía al fondo.

—Al de reconocimiento, señor. Mosquitos, eran los aparatos que tripulaban. Unos excelentes pilotos,

todos ellos, señor. Me atrevería a decir que Mr. Johnny era el mejor de todos. Pero, lógicamente, mi juicio es parcial, porque era su ordenanza.

No cabía duda. Las letras, apenas visibles, que aparecían en el morro del Mosquito, tras la cara que reflejaba la foto, eran JK. No Juliet Kilo, sino Johnny Kavanagh.

Todo el asunto quedaba claro como la luz del día. Kavanagh fue un estupendo piloto que formaba parte de uno de los escuadrones, durante la guerra. Después de la guerra había abandonado la Fuerza Aérea, dedicándose, probablemente, al negocio de los coches de segunda mano, como hicieron otros muchos. De este modo conseguiría hacer dinero en los boyantes años cincuenta; probablemente se compraría una elegante casa de campo y le quedaría lo suficiente para alimentar su verdadera pasión: volar. O, quizá, recrear el pasado, sus días de gloria. Tal vez se compró un viejo Mosquito, en una de las periódicas subastas de material de desecho de la RAF, y lo recompondría para entretenerse en volar privadamente, siempre que lo deseara. No era una mala forma de pasar el tiempo, si se contaba con dinero para ello.

Así, quizá, al regresar de una excursión a Europa, me encontró dedicado a mi labor de describir triángulos a la izquierda por encima de los bancos de niebla, y comprendió enseguida que me hallaba en un aprieto, por lo cual me ayudó. Como podía precisar su posición mediante la radio y conocía la costa como si se tratara de la palma de su mano, había intentado encontrar este viejo campo de Minton, aun en medio de la densa niebla. Corríamos un riesgo tremendo. Pero, como no me quedaba carburante, era mejor intentar cualquier cosa.

No me cabía duda de que podría dar con el hombre, probablemente a través del Royal Aero-Club.

—Ciertamente, fue un buen piloto —musité, reflexionando acerca de su comportamiento de aquella noche.

—El mejor, señor —afirmó Joe a mi espalda—. Decían que Mr. Johnny tenía ojos de gato. Recuerdo que muchas veces, cuando el escuadrón regresaba de arrojar su carga sobre los objetivos en Alemania, los demás pilotos se dirigían al bar a tomar una copa y, a menudo, varias.

—¿Él no bebía? —pregunté.

—¡Oh! Sí, señor, pero con mucha frecuencia mandaba repostar el Mosquito y partía de nuevo, solo, rumbo al Canal o el mar del Norte, en busca de algún bombardero averiado que tuviera dificultades para regresar, y lo conducía hasta aquí.

Aquello me sorprendió. Los grandes bombarderos tienen sus propias bases.

—Pero algunos de ellos solían recibir abundantes muestras del fuego enemigo, y en ocasiones se quedaban sin radio. Llegaban de todas partes. Marham, Scampton, Cotteshall, Waddington; aquellos enormes cuatrimotores, los Halifax, Stirlings y Lancaster; un poco antes de su tiempo, si me permite decirlo, señor.

—He visto fotografías de ellos —admití—. Y los he contemplado en exhibiciones aéreas. ¿Les ayudaba a regresar?

Me lo imaginaba fácilmente: boquetes de metralla en el fuselaje, alas y cola, crujiendo y oscilando, mientras el piloto trataba de conservar el control y mantener el rumbo en dirección a casa, con una tripulación herida o moribunda y la radio hecha añicos. Y sabía, por reciente experiencia personal, la amarga soledad de la noche invernal en el cielo, sin radio, sin guía alguna para regresar a casa y con la niebla tapando toda la visión.

—Es cierto, señor. Solía partir para un segundo vuelo la misma noche, y patrullaba sobre el mar del Norte, en busca de aparatos averiados. Y los conducía a casa, aquí, a Minton, a veces, en medio de una niebla tan espesa que no se veía uno la mano. Un sexto sentido, eso es lo que decían que tenía; algo propiamente irlandés.

Me aparté de la fotografía y apagué el cigarrillo en el cenicero depositado junto a la cama. Joe estaba en la puerta.

—Todo un hombre —dije, y así lo creía. Incluso hoy, un hombre entrado en años, era un soberbio piloto.

—¡Oh, sí, todo un hombre, Mr. Johnny! Recuerdo que una vez me dijo, de pie en el mismo sitio en que está usted ahora, ante el fuego: «Joe, siempre que haya uno ahí fuera, en la noche, tratando de volver a casa, yo saldré a buscarlo».

Asentí gravemente. El anciano reverenciaba al que en otro tiempo fuera su oficial.

—Y, según parece, lo sigue haciendo todavía —comenté.

Pero Joe sonrió, al declarar:

—¡Oh! ¡Eso ya no es posible, señor! Mr. Johnny salió para su última patrulla el día de Navidad de 1943, justamente hoy hace catorce años. Y no regresó. Cayó con su aparato en algún lugar del mar del Norte. Buenas noches, señor. Y feliz Navidad.

CHANTAJE

Si a Samuel Nutkin no se le hubiera caído aquella noche la funda de las gafas entre los almohadones del asiento del vagón perteneciente al tren que hacía el recorrido de Edenbridge a Londres, nada de esto hubiera sucedido. Pero se le cayó, e introdujo la mano entre los almohadones para recuperarla, con lo cual la suerte quedó echada.

Su mano, tanteando, no solo encontró la funda de las gafas, sino también una revista apretujada, abandonada evidentemente por el anterior ocupante del asiento. Por creer que pudiera tratarse de un horario de trenes, la hojeó distraídamente. No es que él precisara de un horario de trenes, pues llevaba veinticinco años tomando el mismo convoy, a la misma hora, en la pequeña y limpia estación de transbordo de Edenbridge, con destino a Charing Cross, para regresar a la misma hora, desde la estación de Cannon Street, hasta Kent, por las tardes; así, no necesitaba ningún tipo de horario. La suya consistía en una mera curiosidad superficial.

Cuando vio la portada, el rostro de Mr. Nutkin se ruborizó y, con suma rapidez, volvió a esconder la revista bajo los almohadones. Miró a su alrededor, en el compartimiento, para ver si alguien se había dado cuenta de su hallazgo. Frente a él, dos *Financial Times*, un *Times* y un *Guardian*, se movían al compás de la marcha del tren, con sus propietarios invisibles, parapetados detrás de la sección local. A su izquierda, el viejo Fogarty cabeceaba encima del crucigrama, y a su derecha, a través de la ventana, vio pasar, como un relámpago, la estación, sin parada, de Hither Green. Samuel Nutkin respiró aliviado.

La revista era pequeña y tenía una brillante cubierta. En la parte superior, de un lado a otro, destacaban las palabras *New Circle* —evidentemente, el título de la publicación—, y al pie de la misma, la frase: «Solteros, parejas, grupos, la revista de contactos para los despiertos sexualmente». Entre ambas líneas de letra impresa, el centro de la página estaba ocupado por la fotografía de una dama de armoniosas proporciones, con un busto prominente que, en lugar de rostro, mostraba un cuadro en blanco en el que podía leerse: «Anunciante H. 331». Nunca antes había visto el señor Nutkin una revista de esta clase, pero pensó en las implicaciones de tal hallazgo durante todo el trayecto hasta Charing Cross.

Cuando se abrieron las puertas del tren para depositar su carga de pasajeros en el torbellino del andén 6, Samuel Nutkin se entretuvo antes de bajar del vagón, rebuscando en la cartera, trajinando con el paraguas y el sombrero hongo, hasta lograr quedarse el último en el compartimiento. Por último, espantado ante su propio atrevimiento, extrajo la revista de su escondite entre los almohadones, para introducirla en su cartera, y enseguida se unió a la marea de sombreros hongos que se encaminaba hacia la salida, llevando bien visibles las tarjetas de abono de viajes.

Fue un desagradable trayecto el que tuvo que recorrer desde el tren hasta el Metro, viaje hasta la estación de Mansion House, subir las escaleras mecánicas hasta Great Trinity Lane, y luego a todo lo largo de Cannon Street, hasta llegar al edificio propiedad de la Compañía de Seguros, donde trabajaba como contable. En una ocasión se enteró de que a un hombre que había sido atropellado por un coche, al vaciar los bolsillos en el hospital, le encontraron un paquete de fotografías pornográficas. El recuerdo atormentaba a Samuel Nutkin. ¿Cómo es posible explicar una cosa así? La vergüenza, el sofoco, deben ser insoportables. Yacer allí tirado con una pierna rota, sabiendo que todo el mundo ha de conocer sus secretas predilecciones. Aquel día tuvo especial cuidado al cruzar las calles, hasta que llegó a las oficinas de la Compañía.

De todo cuanto antecede podemos deducir que el señor Nutkin no estaba acostumbrado a ese tipo de cosas. Un hombre decía que el ser humano tiende a identificarse con los apodos que se le ponen en un momento cualquiera. No hay más que llamarle a un hombre *Carnicero*, para que lo tengamos fanfarroneando todo el día; y si se te ocurre llamarle *Asesino*, lo verás deambular con los ojos semicerrados y tratando de hablar como Bogart. Los hombres graciosos tienen que ir siempre contando chistes y haciendo reír hasta que caen muertos a causa de la tensión creada. Samuel Nutkin tan solo tenía diez años cuando un muchacho de la escuela, que había leído las narraciones de Beatrix Potter, le llamó *Ardilla*, para que quedara definitivamente marcado.

Había trabajado en Londres desde que, a los veinticinco años de edad, fue licenciado del Ejército con el grado de cabo, al acabar la guerra. En aquellos tiempos tuvo mucha suerte de encontrar el empleo, un buen empleo, con pensión de jubilación como administrativo, en una Compañía de Seguros gigantesca, con sucursales en todo el mundo, tan firme como el Banco de Inglaterra, que quedaba no más lejos de quinientos metros de su casa. Aquel empleo había marcado la entrada de Samuel Nutkin en la City, aquel kilómetro cuadrado de cuarteles generales de un vasto pulpo económico, comercial y bancario, cuyos tentáculos se extendían por todos los rincones del Globo.

A él le gustaba la ciudad entonces, aquellos últimos años de la década de los cuarenta, y a la hora de comer vagaba por sus calles, para las que el tiempo no pasaba —Bread Street, Cornhill, Poultry y London Wall—, que ya conocieron la Edad Media, cuando en ellas realmente se vendían pan, y maíz, y aves, y delimitaban la amurallada ciudad de Londres. Le impresionaba considerar que fue de aquellos impresionantes pilares de piedra de donde consiguieron los mercaderes-aventureros la necesaria financiación para embarcar con destino a las tierras de los hombres negros, cobrizos y amarillos, para comerciar, cavar, trabajar las minas y escarbar en las basuras, enviando el botín de regreso a la City, y asegurar, negociar e invertir hasta que las decisiones tomadas en este kilómetro cuadrado de salas de juntas y casas de contratación decidieran si un millón de seres pertenecientes a castas inferiores, debían trabajar o perecer de inanición. Ni siquiera le había pasado por la imaginación la idea de que todos aquellos hombres hubieran sido, en la práctica, los saqueadores más afortunados. Samuel Nutkin era muy leal.

El tiempo había pasado, y, al cabo de un cuarto de siglo, la magia había decaído, convirtiéndole en un elemento más de la corriente de trajes de oficina grises, paraguas plegados, sombreros hongos y carteras, que inundaba la City a diario para trabajar en las oficinas durante ocho horas, y regresar luego a las ciudades-dormitorio de los Condados vecinos.

En la selva de la City, él era, de acuerdo con su nombre, una criatura amistosa e inofensiva, adecuada, con el paso de los años, para el desempeño de su puesto, un agradable y rechoncho caballero que acababa de cumplir los cincuenta, con los cristales de las gafas inclinados hacia delante para leer o mirar las cosas muy de cerca; de maneras suaves y extremadamente correcto con las secretarias, quienes decían de él que era encantador y lo trataban con todo cariño; no acostumbrado a la lectura y, mucho menos, a llevar consigo revistas «porno». Y, sin embargo, eso es lo que había hecho aquella mañana. Se levantó para dirigirse a los lavabos, echó el pestillo una vez dentro, y leyó todos los anuncios de *New Circle*.

Le sorprendió. Algunos anuncios llevaban fotos; eran, sobre todo, fotografías, hechas por aficionados de lo que evidentemente se trataba de amas de casa en ropa interior. Otros no incluían fotografías, pero, en cambio, el texto era más explícito; en algunos casos ofrecían servicios que carecían de sentido, al menos para Samuel Nutkin. Pero, en su mayor parte, lo entendía casi todo, y en general, los anuncios expresaban la confianza de llegar a conocer a caballeros profesionales de reconocida generosidad. Leyó toda la revista, la escondió en lo más profundo de su cartera y regresó a su sitio a toda prisa.

Aquella noche se las ingenió para regresar a su casa con la revista sin ser detenido ni inspeccionado por la Policía; al llegar, la escondió debajo de la alfombra situada ante el hogar. Era seguro que Lettice no la descubriría allí.

Lettice era Mrs. Nutkin. Se mantenía casi siempre confinada en el lecho, asegurando padecer artritis aguda e insuficiencia cardíaca, en tanto que el doctor Bulstrod opinaba que lo que tenía realmente era una grave hipocondría. Se trataba de una mujer frágil y enfermiza, de larga nariz y voz quejumbrosa, la cual hacía ya muchos años que no proporcionaba ninguna satisfacción a su esposo, ni en la cama ni fuera de ella. Pero como era un hombre leal y digno de confianza, habría hecho cualquier cosa, lo que fuese, por evitarle molestias. Afortunadamente, como su esposa nunca realizaba trabajos domésticos a causa de su espalda, no tendría ocasión de mirar bajo la alfombra que había ante la chimenea.

Mr. Nutkin pasó tres días absorto en sus pensamientos, que se centraban, principalmente, en una señora anunciante la cual, según se desprendía del breve texto, poseía unas medidas superiores a lo corriente, en cuanto a altura y amplitud de formas. El tercer día, haciendo acopio de todo su valor, se sentó para escribir su respuesta. Lo hizo en una hoja de papel sin membrete, y el contenido fue conciso y directo. Decía: «Muy señora mía», y proseguía explicando que la había visto y que le gustaría conocerla.

En la revista había un recuadro con las instrucciones que debían seguir para responder a los anuncios. Escriba su carta o respuesta y junto con un sobre dirigido a sí mismo y debidamente franqueado, introdúzcala en un sobre sin membrete y ciérrelo. En el dorso del sobre, con lápiz, escriba el número del anuncio al que responde. Meta de nuevo este segundo sobre, sin dirección alguna, junto con la cantidad señalada, en un tercer sobre, dirigido a la oficina de la revista en Londres y envíelo por correo. Mr. Nutkin cumplió todas las instrucciones, pero puso el nombre de Henry Jones, en 27 Acacia Avenue, que era su verdadera dirección.

Durante los seis días siguientes, cada mañana el cartero lo encontraba esperándolo a mitad de camino de entrada, y al sexto descubrió en el buzón el sobre dirigido a Henry Jones. Se lo guardó en el bolsillo y regresó a la habitación de su mujer, en el piso superior, para llevarse la bandeja del desayuno.

Aquella mañana en el tren camino de la ciudad, se escabulló hacia el lavabo y rasgó el sobre con dedos temblorosos. El contenido era su propia carta, y escrito detrás, a mano, venía la respuesta. Decía: «Querido Henry: Agradezco tu respuesta a mi anuncio. Estoy segura de que podremos divertirnos mucho juntos. Llámame al número... Amor. Sally». El número de teléfono correspondía a Bayswater, en el West End de Londres.

En el sobre no había nada más. Samuel Nutkin garabateó el número en un trozo de papel, se lo guardó en el bolsillo posterior y arrojó al inodoro la carta y el sobre. Cuando regresó a su asiento, sentía cosquilleos en el estómago, y creyó que todo el mundo se le quedaría mirando, pero el viejo Fogarty acababa de sacar la 15 horizontal y nadie levantó la vista.

A la hora de comer marcó el número de teléfono desde una cabina de la estación de Metro más próxima. Una voz de mujer, áspera por cierto, contestó:

—¿Diga?

Mr. Nutkin introdujo la moneda de dos peniques en la ranura, se aclaró la voz y dijo:

—Sí... sí, ¿la señorita Sally?

—La misma —repuso la voz—. ¿Quién es?

—Me llamo Jones. Henry Jones. Esta mañana he recibido una carta suya, correspondiente a mi respuesta a su anuncio...

Se oyó un ruido de papeles al otro extremo del hilo, y luego la mujer habló de nuevo.

—¡Sí, claro! Lo recuerdo, Henry. Muy bien, encanto, ¿te gustaría venir a verme?

Samuel Nutkin notaba que tenía la lengua como si fuera de cuero.

—Sí, ¡por favor! —casi graznó.

—Delicioso —ronroneó la mujer, para añadir acto seguido—: Pero hay una cosa, Henry, querido. Espero un modesto presente de los caballeros amigos míos, ya sabes, algo que me ayude a pagar el alquiler. Son diez libras, pero no hay prisa. ¿Está claro?

Nutkin asintió con la cabeza y repuso:

—Sí.

—¡Estupendo! —le oyó responder—. ¿Cuándo vendrás?

—Tendrá que ser a la hora de comer. Trabajo en la City y regreso a casa por la tarde.

—Estupendo. ¿Te va bien mañana? ¿A las doce y media? Te daré la dirección…

Aún sentía el cosquilleo en el estómago, pero eran auténticos aguijones los que le picoteaban, cuando llegó a los bajos de Westbourne Grove, en Bayswater, al día siguiente, a las doce y media. Golpeó nerviosamente con los nudillos y oyó un taconeo por el pasillo, detrás de la puerta.

Se abrió una pausa, como si alguien mirara a través del cristal del panel central de la puerta. Luego se abrió esta, y una voz ordenó:

—Entre.

Ella estaba detrás de la puerta, y cerró al entrar él. Entonces, Nutkin se volvió a mirarla, y la mujer dijo:

—Tú debes ser Henry...

Su voz era un murmullo, y él asintió en silencio.

—Bueno, vamos al cuarto de estar para que podamos charlar.

La siguió por todo el pasillo hasta la primera habitación a la izquierda, mientras el corazón le batía como un tambor. Tenía más edad de la que esperaba, unos treinta años muy mal llevados, con espeso maquillaje. Medía sus buenos quince centímetros más que él, pero esto podría explicarse, en parte, a causa de los altos tacones de sus zapatos y la amplitud del bajo de la bata de casa que él tenía ante sus ojos, al precederle por el pasillo, todo lo cual indicaba que debía tener una figura pesada. Cuando se volvió para dejarle entrar en el cuarto de estar, el escote de la bata se abrió y dejó al descubierto, por un segundo, un sujetador de nilón negro y un corsé ribeteado de rojo. La mujer dejó la puerta abierta.

La habitación estaba pobremente amueblada y parecía no contener más que unos cuantos objetos personales. La mujer le sonrió animosamente.

—¿Has traído mi pequeño presente, Henry? —preguntó.

Samuel Nutkin asintió y sacó las diez libras, que le tendió. Las había llevado en el bolsillo del pantalón. Ella las guardó en un bolso de mano que estaba en el aparador.

—Ahora siéntate y ponte bien cómodo —aconsejó a Henry—. No hay motivo para estar nervioso. Veamos, ¿qué quieres que haga?

Mr. Nutkin se había sentado en el borde de una butaca. Notaba la boca como si la tuviera llena de cemento rápido.

—Es difícil de explicar —musitó.

Ella sonrió de nuevo.

—No hay por qué. ¿Qué quieres?

Dudando, él se lo dijo. Ella no mostró sorpresa alguna.

—Eso está muy bien —respondió con toda calma—. Muchos caballeros lo prefieren. Ahora quítate la chaqueta, los pantalones y los zapatos, y ven conmigo al dormitorio.

Él hizo lo que le indicaba, y la siguió por el pasillo hasta el dormitorio, el cual estaba sorprendentemente bien iluminado. Una vez dentro, ella cerró la puerta y echó la llave, se la introdujo en el bolsillo de su bata, se quitó esta y la colgó detrás de la puerta.

Cuando aquel grueso sobre sin membrete llegó al 27 de Acacia Avenue tres días después, Samuel Nutkin lo recogió del buzón frente a su casa, junto con el resto del correo matinal, y se lo llevó a la mesa, donde se disponía a desayunar. En total eran tres cartas: una, para Lettice, de su hermana; una factura de unas plantas para el jardín, y el sobre de papel grueso, fechado en Londres y dirigido a Samuel Nutkin. Lo abrió sin sospechar nada, creyendo que se trataba de una circular comercial. Pero no lo era.

Las seis fotografías que cayeron sobre la mesa permanecieron unos instantes boca arriba, mientras él las contemplaba sin comprender nada. Cuando empezó a entender de lo que se trataba, lo invadió un profundo horror, que se superpuso a toda otra sensación. Las fotos no habrían ganado ningún premio de nitidez y enfoque, pero eran lo bastante claras. En todas era perfectamente visible el rostro de la mujer y, al menos en dos de ellas, su propia cara se reconocía con facilidad. Rebuscó furiosamente en el interior del sobre, pero no descubrió nada más. Miró detrás de todas las fotografías, pero no aparecía nada escrito en ellas. El mensaje estaba delante, en blanco y negro, sin palabras.

Samuel Nutkin sintió que le atenazaba un pánico ciego, mientras escondía las fotos bajo la alfombra, donde seguía la revista. Luego, siguiendo un impulso, recogió todo y lo llevó detrás del garaje, donde le prendió fuego hundiendo las cenizas bajo tierra húmeda, con el tacón del zapato. Al entrar en casa pensó en no ir a la oficina, pretextando sentirse indispuesto, pero luego comprendió que aquello despertaría sospechas en Lettice, porque estaba perfectamente bien. Le quedaba el tiempo justo para subirle su carta, retirar la bandeja del desayuno y correr para tomar el tren hacia la City.

Todavía le daba vueltas la cabeza cuando miraba por la ventanilla, desde su asiento del extremo, tratando de sacar las conclusiones precisas del shock sufrido aquella mañana. Le llevó hasta New Cross el descubrirlo.

—¡La americana! —murmuró, con la respiración entrecortada—. Americana y cartera.

El viejo Fogarty, que estudiaba el siete vertical, sacudió la cabeza, diciendo:

—No, demasiadas letras.

Samuel Nutkin contemplaba entristecido los suburbios del sudeste de Londres, que pasaban velozmente ante la ventanilla. Lo que ocurría es que él no estaba acostumbrado a tales cosas. Sencillamente. Un frío horror le atenazaba el estómago, y aquella mañana se sentía tan incapaz de trabajar como de volar.

A la hora de comer intentó comunicar con el número que Sally le diera, pero respondía una gruñona voz de hombre, quien afirmaba no haber oído nunca hablar de ninguna Sally en aquel número y que debía de haber marcado mal. Nutkin probó de nuevo, esta vez a través de operadora, pero el número era correcto, y le respondió el mismo hombre.

Trató de conseguir la dirección a través de Información, pero no figuraba en el listín, por lo que se requería una orden judicial para informar del nombre y dirección del abonado.

Tomó un taxi, que lo llevó directamente hasta el piso bajo de Bayswater; pero estaba cerrado a cal y canto, con un letrero de SE ALQUILA, sujeto a los barrotes de la reja situada a nivel de la calle. A media tarde, Mr. Nutkin había llegado a la conclusión de que, aunque acudiera a la Policía, no le iba a servir de gran cosa. Casi con toda seguridad, la revista habría enviado las respuestas al anuncio a una dirección determinada, la cual resultaría ser, sin dudarlo, un piso desalquilado, cuyo arrendatario habría desaparecido sin dejar rastro. Con toda probabilidad, los bajos de Bayswater habrían sido alquilados por una semana, con un nombre falso, y ya estarían libres. El número de teléfono pertenecía, sin duda, a un hombre que aseguraría haber estado de viaje durante todo el mes anterior y que, a su regreso, se había encontrado forzado el cierre de la puerta. A partir de ese momento, afirmaría haber recibido cierto número de llamadas preguntando por una tal Sally, las cuales le habían llenado de confusión. Al día siguiente, también él habría desaparecido.

Cuando llegó a casa, encontró a Lettice de un humor más quejumbroso que nunca. Había recibido algunas llamadas, todas preguntando por él, las cuales perturbaron su descanso de la tarde.

La cuarta llamada se registró justamente después de las ocho. Samuel Nutkin dio un salto al levantarse de la butaca, dejó a Lettice viendo la televisión y se encaminó al teléfono.

La voz era masculina. ¿Sería la del hombre con quien habló a la hora de comer? Era imposible determinarlo. Parecía una voz ahogada, como si el auricular estuviera tapado con un pañuelo.

—¿Mr. Nutkin?

—Sí.

—¿Mr. Samuel Nutkin?

—Sí.

—¿O debo llamarle Henry Jones?

A Samuel Nutkin le dio un vuelco el corazón.

—¿Quién es? —inquirió.

—Le he hecho una pregunta, amigo. ¿Recibió las fotos?

—Sí.

—Las ha visto bien, ¿verdad?

Samuel Nutkin tragó saliva con dificultad, ante el horror del recuerdo.

—Sí.

—Está bien. Has sido un chico muy travieso, ¿sabes? De veras que no sé cómo evitar el envío de un juego igual a tu jefe. ¡Oh, sí! ¡Claro que sé todo lo referente a tu oficina! Y el nombre del gerente. Además, puedo enviar otro juego a Mrs. Nutkin. O a la secretaría del club de tenis. Es que llevas tantas cosas en la cartera, Mr. Nutkin...

—¡Oiga, por favor, no haga eso! —estalló Mr. Nutkin; pero aquella voz cortó sus protestas.

—No seguiré mucho tiempo con esta conversación. No te molestes en ir a la Policía. Ni siquiera sabrías por dónde empezar a buscarme. Así que mantén la cabeza serena, amigo, y podrás conseguir que te envíe todo el lote, negativos incluidos. ¿A qué hora sales por las mañanas?

—A las ocho y veinte.

—Te llamaré de nuevo mañana a las ocho. Que descanses.

El teléfono fue colgado al otro extremo de la línea.

Pero no descansó. Pasó una noche espantosa. Cuando Lettice se retiró al dormitorio, se excusó diciendo que iba a atizar el fuego, y se dedicó a examinar el contenido de su cartera. Abono de viajes de ferrocarril, talonario, tarjeta del club de tenis, dos cartas dirigidas a su nombre, dos fotografías de Lettice y de él, carnet de conducir, tarjeta de socio del club recreativo de la Compañía de Seguros, lo cual era más que suficiente para identificarlo a él y su lugar de trabajo.

Bajo la media luz de un farol del alumbramiento público de la Acacia Avenue y que se reflejaba, a través de las cortinas, en el rostro desaprobador de Lettice —quien descansaba en la otra cama gemela (había insistido siempre en lo de las dos camas)—, trató de imaginarla abriendo un grueso sobre que llegara dirigido a ella, en el segundo reparto del día, cuando él se encontrara en la oficina. Procuró componer la imagen de Mr. Murgatroyd, instalado en su despacho de director, en el momento de recibir el mismo juego de fotografías. O del comité del club de tenis, reunido en sesión especial para «reconsiderar» la situación de Mr. Nutkin como miembro, mientras examinaban, de uno en uno, las dichosas fotos. Pero no pudo. Superaba su capacidad de imaginación. Sin embargo, había algo de lo que estaba seguro: el golpe sería tan terrible para Lettice, que sin duda la mataría. Sencillamente, la mataría, y eso él no podía permitirlo en modo alguno.

Antes de caer en un penoso cabeceo, cuando estaba a punto de amanecer, se dijo, por enésima vez, que no estaba acostumbrado a una cosa así.

La llamada telefónica se produjo a las ocho en punto, exactamente. Samuel Nutkin esperaba en la entrada, vestido, como siempre, con su traje gris, camisa y cuello blancos, sombrero hongo, paraguas plegado y cartera, dispuesto a emprender el puntual trote hacia la estación.

—¿Lo has pensado ya? —inquirió la desconocida voz.

—Sí —repuso Samuel Nutkin con voz trémula.

—¿Quieres recuperar esos negativos?

—Sí, por favor.

—Entonces, lamento decirte que habrás de comprarlos, amigo. Lo justo para cubrir gastos y quizá darte una pequeña lección.

Mr. Nutkin tragó saliva repetidas veces.

—No soy rico —suplicó—. ¿Cuánto quieres?

—Quinientas libras —respondió el hombre, sin asomo de titubeo. Samuel Nutkin se sintió anonadado.

—¡No tengo tanto dinero! —protestó.

—Bueno, pues búscalo —replicó el otro con sorna—. Puedes obtener un préstamo con la garantía de la casa, del coche, de lo que quieras. Pero consíguelo, y rápido. Esta noche llamaré de nuevo a las ocho.

Y otra vez desapareció la voz del hilo telefónico, y el auricular hizo «clic» en el oído de Samuel Nutkin. Subió las escaleras, le dio a Lettice un rápido beso en la mejilla y se fue a trabajar. Pero aquel día no tomó el tren de las 8.31 con destino a Charing Cross. En su lugar se encaminó al parque y se sentó a solas en un banco, extraña y solitaria figura, ataviado para ir a la City, pero sentado, como si fuera un duendecillo, entre los árboles y las flores, con un sombrero hongo y un traje oscuro. Sentía la necesidad de pensar y no podía hacerlo sentado junto al viejo Fogarty y sus interminables crucigramas.

Suponía que no le resultaría difícil conseguir quinientas libras, si lo intentaba, aunque provocaría algunas miradas inquisitivas en su Banco. Claro que aquello no sería nada comparado con la reacción del gerente del Banco cuando solicitara que dicha cantidad le fuera entregada en billetes usados, sin numerar. Podía decir que la necesitaba para pagar una deuda de juego, pero nadie se lo creería. Todos sabían que él no jugaba. No bebía más de un vasito de vino de vez en cuando y tampoco fumaba, excepto un puro en Navidad. Pensarían que se trataba de una mujer, dedujo, pero rechazó también la idea. Sabían que no era capaz de mantener una amante. ¿Qué hacer? ¿Qué hacer?, se preguntaba una y otra vez, dándole vueltas al asunto en el torbellino de su pensamiento.

Podía acudir a la Policía. Encontraría a aquellos tipos, a pesar de los nombres falsos y los pisos alquilados. Luego se celebraría un juicio y él tendría que declarar. Se referían siempre a la persona víctima de chantaje como señor X, lo había leído en los periódicos, pero solían descubrirlo en el círculo al que pertenecía dicho hombre. Nadie podía ir un día y otro a prestar declaración, sin ser descubierto, sobre todo si se ha seguido una rutina invariable de vida, por espacio de veinticinco años.

A las nueve y media abandonó el banco del parque y se dirigió a una cabina telefónica. Desde allí llamó a su jefe y le informó que se hallaba indispuesto, pero que por la tarde iría a trabajar. Entonces fue a su Banco. Por el camino, se devanaba los sesos en busca de una solución, recordando todos los casos que había leído sobre el mismo tema del chantaje. ¿Cómo se llamaban, legalmente? Exigir dinero con amenazas. Una preciosa frase legal, pensó amargamente, pero nada útil para la víctima.

«Si él fuera soltero —pensó— y más joven, sabría decirles a dónde debían ir. Pero ya era viejo para cambiar de empleo y, además, estaba Lettice, pobre y frágil Lettice. El golpe la mataría, de eso no le cabía la menor duda. Su deber, por encima de todo, consistía en proteger a Lettice; había tomado una determinación en este sentido.»

En la puerta del Banco le faltó valor. Nunca podría enfrentarse al director del Banco con una petición tan extraña e inexplicable. Sería tanto como confesar: «Soy víctima de un chantaje y necesito un préstamo de quinientas libras.» Además, después de las primeras quinientas, ¿no pedirían más? Le sacarían el alma y luego mandarían las fotos. Podía suceder. Sea como fuere, no se veía capaz de solicitar el préstamo a su Banco. La solución, se dijo —ya que era un hombre honesto y amable—, estaba en Londres. Y allá se fue en el tren de las 10.31.

Llegó a la City demasiado temprano para presentarse en la oficina, así es que, para pasar el rato, pensó en hacer algunas compras. Ya que era un hombre prudente, no podía concebir ni siquiera la idea de llevar consigo una suma tan importante como quinientas libras, de cualquier manera, en los bolsillos. Por tanto, se encaminó a un centro de venta de objetos de oficina y compró una cajita metálica, para guardar dinero, provista de su correspondiente llave. En varias tiendas fue comprando, una libra de azúcar escarchado (para el pastel de cumpleaños de su esposa, según explicó); un bote de fertilizante para las rosas; una ratonera para la cocina; una pequeña cantidad de hilo de cobre para los fusibles, con destino a la caja instalada bajo la escalera; dos linternas; pilas eléctricas; un soldador para arreglar la tetera y otras varias piezas de repuesto de las que habitualmente puede tener en casa cualquier cabeza de familia respetuoso con la ley.

A las dos de la tarde estaba instalado en su puesto, tras asegurar al jefe del departamento que ya se sentía mucho mejor, y se ponía a trabajar en los libros de la Compañía. Por fortuna, ni siquiera podía sospecharse que Mr. Samuel Nutkin se tomara libertades con el horario, sin el debido permiso.

A las ocho de la tarde volvía a hallarse frente al televisor, junto a Lettice, cuando sonó el teléfono en la entrada. Nuevamente le habló la «voz velada».

—¿Tiene el dinero, Mr. Nutkin? —preguntó, sin preámbulos.

—Sí... sí —repuso Mr. Nutkin, y antes de que el otro pudiera replicar, prosiguió—: Escuche, por favor, ¿por qué no me envía los negativos y lo olvidamos todo?

Se produjo un silencio, como de sorpresa, al otro extremo del hilo:

—¿Ha perdido la cabeza? —inquirió, al fin, la «voz velada».

—No —respondió muy seriamente Mr. Nutkin—. Pero me gustaría que comprendiese las molestias que habrá de soportar si insiste en su propósito.

—Está bien. Ahora escuche con atención, cabeza de chorlito —conminó la voz, en tono airado—: Haga usted lo que se le ha ordenado, o enviaré las fotos a su mujer y a su jefe, solo por el gusto de armar camorra.

Mr. Nutkin suspiró profundamente.

—Ya me lo temía. Continúe —dijo.

—Mañana, a la hora de comer, tome un taxi hasta Albert Bridge Road. Gire hacia Battersea Park y luego camine hacia el West Drive, en dirección contraria al río. A mitad de camino, tuerza a la izquierda, hacia el Central. Siga caminando hasta llegar al punto medio. Allí hay dos bancos. No suele haber nadie en esta época del año. Ponga el dinero, envuelto en papel fuerte, con todo el aspecto de un paquete, bajo el primer banco. Camine luego hasta llegar al otro extremo del parque. ¿Ha entendido bien?

—Sí —repuso el señor Nutkin.

—Muy bien —dijo la voz—. Una última cosa. Estará usted vigilado a partir del momento en que penetre en el parque. Lo vigilarán mientras deposita el paquete. Ni se le ocurra que los policías puedan ayudarle. Nosotros sabemos cómo es usted, pero, en cambio, usted no tiene ni idea de cómo somos nosotros. Un asomo de complicación o la Policía montando guardia, y nos iremos sin más. Y sabe usted muy bien lo que ocurrirá entonces, ¿verdad?

—Sí —respondió débilmente el señor Nutkin.

—Perfecto. Hágalo todo tal como se le ha dicho y evite equivocaciones.

El hombre colgó al llegar a ese punto.

Unos minutos después, Samuel Nutkin se excusó con su mujer y se dirigió al garaje junto a la casa. Deseaba estar solo durante un rato.

A la mañana siguiente, Samuel Nutkin hizo todo lo que le habían dicho que hiciera. Paseaba por el West Drive, en el lado oeste del parque, y había alcanzado la curva izquierda hacia el interior del Central Drive cuando oyó que le dirigía la palabra un motociclista, sentado, de lado, en su máquina, a unos pasos de distancia y que consultaba un mapa de carreteras. El hombre llevaba casco, gemelos colgados del cuello y un gran pañuelo que le cubría casi por completo el rostro. Le hablaba a través del mismo.

—¡Eh, amigo! ¿Me puede echar una mano?

Mr. Nutkin hizo un alto en su paseo, pero, como era un hombre educado, cubrió los dos metros que le separaban de la motocicleta y se inclinó a mirar el mapa. Una voz le susurró al oído:

—Yo cogeré el paquete, Nutkin.

Notó que le arrebataban el paquete, oyó el rugido de la moto al ponerse en marcha, vio cómo el hombre arrojaba el dinero a una cesta sobre el manillar y en unos segundos desaparecía, mezclándose en medio de la corriente de tráfico de la hora punta de mediodía, en la intersección de la carretera de Albert Bridge. Todo concluyó en unos segundos, y aunque la Policía hubiera estado montando guardia, habría sido imposible coger al hombre, tan rápidamente se había movido. Mr. Nutkin movió la cabeza con tristeza y regresó a su oficina de la City.

El hombre que abogaba por la teoría de nombres y apodos, estaba completamente equivocado por lo que respecta al sargento detective Smiley, del Departamento de Investigación Criminal. Cuando fue a ver a Mr. Nutkin a la semana siguiente, su cara larga y tristes ojos de color café aparecían muy sombríos. Se quedó en el umbral, bajo la oscuridad invernal, embutido en un largo abrigo negro que le daba el aspecto de un enterrador.

—¿Mr. Nutkin?

—Sí.

—¿Mr. Samuel Nutkin?

—Sí... sí, soy yo.

—Soy el sargento detective Smiley, señor. ¿Podríamos hablar unos minutos?

Extrajo el documento que le acreditaba como tal, pero Mr. Nutkin inclinó la cabeza, aceptando su palabra, y repuso:

—¿Quiere usted hacer el favor de pasar?

El sargento Smiley se sentía incómodo.

—Lo... que tenemos que hablar es de naturaleza estrictamente privada, quizá, incluso, embarazosa —comenzó diciendo.

—¡Dios mío! ¡No tiene usted por qué sentir la menor turbación, sargento! —dijo Mr. Nutkin.

Smiley se le quedó mirando.

—¿No hay necesidad…?

—¡Claro que no! Sin duda se trata de algunos boletos para el baile de la Policía. Nosotros, en el club de tenis, siempre enviamos algunos. Como secretario, este año, estaba seguro de…

Smiley tragó saliva con dificultad.

—Siento mucho tener que decirle que no se trata del baile de la Policía, señor. Estoy de servicio, trabajando en una investigación.

—Está bien, pero de todas formas no creo que haya necesidad de sentir turbación alguna —insistió Mr. Nutkin.

Los músculos de la mandíbula del sargento se movían espasmódicamente.

—Pensaba en la turbación de usted, señor, no en la mía —explicó pacientemente el policía—. ¿Está en casa su esposa?

—Sí, bueno, pero está en cama. Se retira pronto. La salud, ya sabe…

Como en respuesta a su afirmación una voz petulante llegó desde el piso superior:

—¿Quién es, Samuel?

—Un caballero que pertenece a la Policía, querida.

—¿A la Policía?

—Bueno, no te pongas nerviosa, querida —repuso Samuel Nutkin—. Se trata… simplemente, del próximo campeonato de tenis que se celebrará en el club de la Policía…

El sargento Smiley asintió aprobatoriamente con expresión ceñuda, ante el subterfugio empleado, y si-

92

guió a Mr. Nutkin hacia el interior de la sala de estar.

—Bien, ahora quizá pueda usted decirme de qué se trata y por qué debería sentirme azorado —declaró el dueño de la casa al cerrar la puerta.

—Hace unos días —comenzó a explicar el sargento Smiley—, mis colegas de la Policía Metropolitana tuvieron la ocasión de visitar un piso del West End de Londres. Al efectuar la investigación, hallaron una serie de sobres en un cajón cerrado con llave.

Samuel Nutkin lo miraba con escaso interés.

—Cada uno de esos sobres, unos treinta en total, contenía una postal en la que se había escrito el nombre de un caballero, todos distintos, junto con direcciones particulares y, en algunos casos, también las direcciones de trabajo. Los sobres contenían asimismo, una docena de negativos fotográficos, y en todos los casos se comprobó que se trataba de fotografías de hombres, por lo general de edad madura, en lo que solo podría describirse como situación extremadamente comprometedora con una mujer.

Samuel Nutkin estaba pálido y se humedecía los labios con nerviosismo. Smiley le miró con desaprobación.

—En todos los casos —prosiguió—, la mujer de las fotografías era la misma, una persona conocida por la Policía como prostituta declarada. Hemos dejado establecido que esta mujer, en compañía de alguien más, era uno de los ocupantes del piso visitado por la Policía Metropolitana. El hombre que intervenía en el caso era el otro ocupante. ¿Me sigue usted?

Samuel Nutkin hundió la cabeza entre las manos, sumido en la vergüenza. Contempló la alfombra con ojos extraviados. Por último, suspiró profundamente:

—¡Oh, Dios mío! —exclamó—. ¡Fotografías! Alguien debió de cogerlas. ¡Oh, qué vergüenza! Le juro, sargento, que no tenía la menor idea de que fuera ilegal.

El sargento Smiley parpadeó rápidamente y declaró:

—Mr. Nutkin, permítame aclararle algo. Sea lo que fuere lo que haya hecho usted, no es ilegal. Su vida privada es cosa enteramente suya, por lo que a la Policía se refiere, en tanto no quebrante las leyes. Y visitar a una prostituta no quebranta la ley.

—Pero entonces… no comprendo —tembló Nutkin—. Usted dijo que estaban practicando unas investigaciones.

—Pero no acerca de su vida privada, señor Nutkin —repuso Smiley con firmeza—. ¿Me permite continuar? Gracias. La Policía Metropolitana sostiene la opinión de que los hombres eran atraídos hacia el apartamento de esa mujer, ya sea mediante contacto personal o a través de unos anuncios en revistas, para ser fotografiados en secreto e identificados con vistas a someterlos, posteriormente, a chantaje.

Samuel Nutkin se quedó mirando al detective con unos ojos redondos como platos. En verdad que no estaba acostumbrado a cosas así.

—Chantaje —murmuró—. ¡Oh, Dios mío! Eso es peor todavía.

—Precisamente, Mr. Nutkin. Veamos… —El detective sacó una fotografía del bolsillo de su chaqueta e inquirió—: ¿Reconoce usted a esta mujer?

Samuel Nutkin se quedó mirando el retrato, muy parecido, de la mujer que él conocía como Sally. Torpemente, asintió.

—Ya veo —dijo el sargento, y dejó la fotografía a un lado—. Ahora, vamos a ver, dígame, a su manera, cómo conoció a esta señora. No preciso tomar notas, y todo cuanto me diga será considerado confidencial, a menos que, ahora o más adelante, se demuestre que tiene algo que ver con el caso.

Titubeante, avergonzado y mortificado, Samuel Nutkin relató el asunto desde el principio, cómo encontró la revista casualmente, cómo más tarde la leyó en los lavabos de la oficina; aquella lucha consigo mismo, por espacio de tres días, sobre si debía o no escribir una carta; cómo sucumbió a la tentación y escribió la dichosa carta bajo el seudónimo de Henry Jones. Le explicó la recepción posterior de la carta, lo de anotarse el teléfono y destruir la carta y cómo telefoneó aquel mismo día a la hora de comer y consiguió una entrevista para el día siguiente a las doce treinta. Luego le explicó la entrevista con la mujer en los bajos de la casa y los medios de que se valió para convencerlo de que dejara la chaqueta en la sala de estar mientras lo llevaba al dormitorio. Le dijo también que aquella era la primera vez en su vida que hacía algo así y que, a su regreso a casa, aquella misma noche, quemó la revista en la que viera el anuncio, jurando que nunca más volvería a caer en algo seme-jante.

—Ahora, señor —dijo Smiley, cuando él hubo concluido—, hay algo muy importante. Dígame si en algún momento, a partir de esa tarde, recibió usted una llamada telefónica, o tuvo conocimiento de que se recibiera alguna en ausencia suya, la cual pudiera hallarse en conexión con una exigencia de pago con apariencia de chantaje, como resultado de la obtención de estas fotografías.

Samuel Nutkin sacudió la cabeza.

—No —afirmó—. Nada de eso. Al parecer, aún no me ha llegado el turno.

Smiley sonrió, por fin, con una mueca de sonrisa.

—No le ha llegado todavía ni le llegará, señor. Después de todo, es la Policía quien tiene las fotografías.

Samuel Nutkin le miró con la esperanza reflejada en la mirada.

—¡Claro! —exclamó—. Su investigación. Deben de haber sido descubiertos antes de dar conmigo. Dígame, sargento, ¿qué pasará con esas... espantosas fotografías?

—Tan pronto como informe a Scotland Yard de que las que se hallan relacionadas con usted no tienen nada que ver con nuestra investigación, serán quemadas.

—¡Oh! ¡Qué alegría! ¡Qué alivio! Pero, dígame, ¿es posible que entre los distintos hombres a los cuales esta pareja se proponía hacer chantaje, algunos hayan sido ya intimidados?

—No hay duda de eso —repuso el sargento, levantándose—. Y no hay duda tampoco de que varios agentes de la Policía están entrevistándose con los restantes caballeros que aparecen en las fotografías. Sin duda, tales pesquisas conducirán al descubrimiento de los nombres de todos aquellos que ya han sido abordados en solicitud de dinero, en el momento en que ha comenzado nuestra investigación.

—Pero, ¿cómo sabrá usted quién lo ha sido? —inquirió Mr. Nutkin—. Después de todo, un hombre puede haber sido requerido, haber pagado y estar demasiado asustado para comunicarlo a la Policía.

El sargento Smiley se inclinó ante el contable de seguros.

—Los estados de cuentas, señor. La mayoría de los hombres de un nivel medio tienen abierta una o dos cuentas únicamente. Para reunir una suma importante, un hombre deberá acudir al Banco o vender algo de valor. Siempre se dejan huellas.

Al llegar a este punto de la conversación, habían alcanzado la puerta principal.

—Está bien; debo decir —declaró Mr. Nutkin— que admiro al hombre que acudió a la Policía y descubrió a esos granujas. Confío en que, si me hubieran abordado con la pretensión de obtener dinero, cosa que no dudo hubiesen hecho más pronto o más tarde, habría tenido el valor de obrar de la misma forma. A propósito, no tendré que prestar declaración, ¿verdad? Ya sé que todo esto se considera confidencial, pero la gente siempre llega a descubrir la verdad.

—No tendrá usted que declarar, Mr. Nutkin.

—Entonces lo siento por el pobre individuo que los ha descubierto y tenga que hacerlo —manifestó Samuel Nutkin.

—Ninguno de esta lista de caballeros comprometidos tendrá que declarar, señor.

—Pero no lo entiendo. Están todos ellos al descubierto, con clara evidencia en contra suya. Con toda seguridad, los arrestarán. Sus investigaciones…

—Mr. Nutkin —dijo Smiley, ya en el umbral—, tampoco estamos investigando chantaje. Investigamos un asesinato.

El rostro de Samuel Nutkin era todo un poema de expresión.

—¿Asesinato? —murmuró—. ¿Quiere usted decir que, además, han asesinado a alguien?

—¿Quién?

—Los chantajistas.

—No, señor, ellos no han matado a nadie. Algún bromista los ha matado a ellos. La cuestión es: ¿quién? Porque eso es lo malo que sucede con los chantajistas. Seguramente habrán sometido a chantaje a varios cientos de personas, y es posible que alguna de sus víctimas los haya seguido hasta su escondite. Llevaban todo su negocio por teléfono, desde cabinas callejeras. No existen datos concretos, aparte de la evidencia criminal contra las presuntas víctimas. El problema consiste en: ¿por dónde empezar?

—Es verdad —murmuró Mr. Nutkin—. ¿Les… dispararon?

—No, señor. El responsable se limitó a dejar un paquete en su puerta. Por eso, quienquiera que fuese, conocía su dirección. El paquete contenía una pequeña caja de caudales, aparentemente con la llave sujeta a la tapa. Al ser empleada la llave, la tapa se levantó bajo la presión de lo que los chicos del laboratorio han determinado que consistía en un muelle de una ratonera, un artilugio muy inteligente que, al ser activado, hizo estallar una bomba que hizo pedazos a los chantajistas.

Mr. Nutkin se lo quedó mirando como si acabara de descender del Olimpo.

—Increíble —musitó—. Pero, ¿dónde demonios puede conseguir una bomba un ciudadano respetable?

Smiley movió la cabeza.

—En nuestros días, señor, hay muchísimo de eso, con el asunto de los irlandeses y los árabes, y todos esos extranjeros. Y hay escritos libros sobre el tema. En mis tiempos no era así. En cambio, ahora, si se los provee de los materiales adecuados, incluso un estudiante de Química de dieciséis años puede hacer una bomba. Está bien; buenas noches, Mr. Nutkin. No creo que tenga que molestarle de nuevo.

Al día siguiente, en la City, Mr. Nutkin se personó en el establecimiento de Gusset, marcos y cristales, para recoger la fotografía que les había confiado hacía unos quince días, con el encargo de ponerle un nuevo marco, en sustitución del antiguo; se las arregló para que la guardaran hasta recibir su llamada telefónica. Aquella noche recuperó su lugar de honor en la mesita junto al fuego.

Se trataba de la vieja fotografía de dos jóvenes, vestidos con el uniforme de la Royal Army Engineers Bomb Disposal Unit. Aparecían sentados a horcajadas sobre el fuselaje de una bomba alemana llamada Big Fritz, de cinco toneladas. Ante ellos, y sobre una manta, se veían los elementos desarmados que constituyeran los seis artificios defensivos y de protección de que iba provista la bomba. Al fondo se distinguía un pueblo, con su iglesia. Uno de los jóvenes era delgado y de fuertes mandíbulas; en los hombros llevaba la insignia de su grado: comandante. El otro era regordete, y con gafas cabalgando en la punta de la nariz. Al pie de la fotografía se leía la inscripción: «A los "Magos de las Bombas", comandante Mike Halloran y cabo Sam Nutkin, de los agradecidos habitantes de Steeple Norton. Julio de 1943».

Mr. Nutkin la contempló con orgullo y resopló:

—Dieciséis años, ¡vaya que sí!

CUESTIÓN ZANJADA

A Mark Sanderson le gustaban las mujeres. Y si a eso vamos, le gustaban también los filetes de Aberdeen Angus poco hechos y acompañados de cogollos de lechuga. Consumía con igual aunque pasajera fruición tanto lo uno como lo otro. Siempre que se le abría el apetito llamaba al proveedor correspondiente y pedía que le enviaran a su ático aquello que en ese momento necesitaba. Podía permitírselo, ya que era varias veces millonario, y eso en libras esterlinas, que aun en estos tiempos difíciles valen el doble que los dólares.

Al igual que tantos hombres ricos y con éxito, tenía tres vidas: su vida pública y profesional como joven magnate de la City londinense; su vida privada, que no es necesariamente lo que la palabra indica, pues a algunos hombres les gusta desarrollar una vida privada a la luz de la publicidad; y su vida secreta.

La primera aparecía descrita regularmente en las secciones económicas de los principales diarios y programas de televisión. A mediados de los años sesenta había empezado a trabajar como agente de la propiedad en el West End de Londres, con escasa educación formal pero con un cerebro tan afilado como una navaja de afeitar para los negocios inmobiliarios lucrativos. A los dos años había aprendido las reglas del juego y, lo que es más importante, cómo transgredirlas legalmente. A la edad de veintitrés cerró su primer trato en solitario, con una garantía nada menos que de 10.000 libras en el plazo de veinticuatro horas por una venta en la zona residencial de St. John's Wood, y fundó Hamilton Holdings, que dieciséis años después seguía siendo el eje de su fortuna. La nueva empresa debía su nombre a ese primer negocio, ya que la casa vendida se hallaba en Hamilton Terrace. Esa fue la última vez que actuó movido por el sentimentalismo. A principios de los setenta, habiendo ganado ya su primer millón de libras, abandonó el mercado de la propiedad residencial y se centró en la promoción de bloques de oficinas. A mediados de esa década había cosechado ya cerca de cinco millones de libras y empezó a diversificarse. Sus dotes de Midas se revelaron tan perspicaces en las finanzas, la banca, la industria química y los centros turísticos mediterráneos como en St. John's Wood. Los periodistas de la City daban noticia de ello, la gente lo creía, y las acciones del conglomerado de diez divisiones agrupado bajo Hamilton Holdings subían sin cesar.

Su vida privada podía hallarse en los mismos periódicos, unas cuantas páginas antes. Un hombre con un ático en Regent's Park, una mansión isabelina en Worcestershire, un *château* en el valle del Loira, una villa en Cap d'Antibes, un yate, un Lamborghini, un Rolls Royce, y una aparentemente interminable sucesión de jóvenes estrellas del mundo del espectáculo fotografiadas en su compañía o imaginadas en su cama circular de cuatro metros de diámetro tiende a ejercer una fascinación compulsiva en los escritorzuelos de las crónicas de sociedad. Una mención en un comunicado judicial sobre el pleito de divorcio de una cotizada actriz de cine y un litigio por paternidad entablado por una Miss Mundo morena lo hubieran arruinado cincuenta años atrás, pero a comienzos de esta década simplemente probaba, si es que hacía falta prueba alguna y por lo visto a menudo así es en estos tiempos, que podía permitírselo, lo cual entre la gente elegante del West End londinense resulta un hecho suficientemente notable para suscitar admiración. Aparecía continuamente en la Prensa.

Su vida secreta era otra cosa, y podía resumirse en una sola palabra: aburrimiento. A Mark Sanderson todo lo aburría hasta la locura. La frase que había acuñado tiempo atrás —«Aquello que Mark desea, Mark lo consigue»— se había convertido en un triste sarcasmo. A los treinta y nueve años resultaba aún atractivo con su aire ceñudo a lo Brando, estaba físicamente en forma y era un solitario. Tenía muy claro que estaba buscando a alguien, no a cientos, solo a una, y que quería que le diera hijos y compartir con ella una casa en el campo que pudiera llamarse hogar. También sabía que encontrarla no era cosa fácil, pues tenía una idea bastante precisa de lo que quería y en una década no había conocido a ninguna que se ajustara. Como la mayoría de los donjuanes ricos, solo se dejaría impresionar por una mujer que no se dejara impresionar verdaderamente por él, o al menos por su imagen pública, por el Mark Sanderson del dinero, el poder y la fama. A diferencia de la mayoría de los donjuanes ricos, conservaba aún suficiente capacidad de autoanálisis para admitir esto, cuando menos para sí mismo. Admitirlo públicamente equivaldría a la muerte por ridículo.

Estaba casi seguro de que no la encontraría cuando, a principios del verano, la encontró. Fue en una fiesta con fines benéficos, esa clase de actos donde todo el mundo se aburre y la escasa recaudación obtenida con la venta de entradas se destina a suministrarle un cuenco de leche a Bangladesh. La mujer se hallaba al otro lado de la sala escuchando a un hombre pequeño y grueso con un enorme puro en la boca para compensar su corta estatura. Lo escuchaba con una tranquila media sonrisa que no revelaba si lo que le divertía era la anécdota o las bufonadas del hombrecillo, que intentaba echar el ojo a su escote.

Sanderson atravesó la habitación y, con la excusa de que conocía vagamente al pequeño productor cinematográfico, se hizo presentar. Se llamaba Angela Summers, y la mano que le tendió era fría y alargada, con unas uñas perfectas. La otra, que sostenía lo que parecía un gin-tonic pero que resultó ser solo una tónica, mostraba una fina sortija de oro en el dedo anular. Eso a Sanderson le traía sin cuidado; las mujeres casadas eran tan accesibles como las demás. Se deshizo del productor de cine y la condujo a otra parte para hablar con ella. Físicamente, aquella mujer lo impresionaba, lo cual no era habitual, y lo excitaba, lo cual sí lo era.

La señora Summers era alta y mantenía la espalda erguida. Su rostro, aunque hermoso y sereno, poseía una belleza de otra época. Y desde luego su figura nada tenía que ver con la extrema delgadez tan de moda en los años ochenta: el pecho generoso, la cintura estrecha, la cadera ancha y las piernas largas. El pelo, de un vivo color castaño, lo tenía recogido detrás de la cabeza, y su sano aspecto no parecía el resultado de unos costosos cuidados. Lucía un sencillo vestido blanco que realzaba su suave bronceado. No llevaba joyas, y su escaso maquillaje, solo un toque alrededor de los ojos, la diferenciaba del resto de las mundanas mujeres de la sala. Le echó unos treinta años, y luego supo que eran treinta y dos.

Supuso que el bronceado se debía a las usuales vacaciones invernales en las pistas de esquí prolongadas hasta abril o a algún crucero de primavera por el Caribe, lo cual significaba que ella o su marido, como las otras mujeres presentes, tenían el dinero necesario para mantener ese estilo de vida. Se equivocaba en ambas conjeturas. Averiguó que ella y su marido vivían en un chalé de la costa española con los exiguos ingresos que él obtenía de sus libros de ornitología y ella de sus clases de inglés.

Por un instante pensó que el cabello y los ojos oscuros, el porte y la piel dorada acaso se debiesen a un posible origen español, pero era tan inglesa como él. Le contó que había vuelto para visitar a sus padres en los Midlands, y una antigua amiga de colegio le había propuesto que pasara una semana en Londres antes de regresar. Resultaba fácil hablar con ella. No lo adulaba, lo cual lo complacía, ni estallaba en carcajadas si él hacía un comentario medianamente divertido.

—¿Qué opina de la sociedad de nuestro West End? —le preguntó él mientras se hallaban de espaldas a la pared contemplando la fiesta.

—Probablemente no lo que debería —respondió ella con aire pensativo.

—Parecen un montón de periquitos en un bote de mermelada —murmuró él, furioso. Ella levantó una ceja.

—Yo creía que Mark Sanderson era uno de los pilares de esta sociedad.

Estaba burlándose de él, suavemente pero con rotundidad.

—¿Acaso llega noticia a España de nuestras acciones? —inquirió él.

—El *Daily Express* se encuentra incluso en la Costa Blanca —contestó ella en un tono inexpresivo.

—Que contiene la vida y obras de Mark Sanderson.

—Incluso esas —dijo ella tranquilamente.

—¿Está impresionada?

—¿Debería estarlo?

—No.

—Entonces no lo estoy.

Su respuesta causó en él cierto alivio.

—Me alegra —comentó—, pero ¿puedo preguntar por qué?

Ella reflexionó durante unos instantes.

—Todo parece bastante postizo.

—¿Incluido yo?

Él contemplaba el suave subir y bajar de sus pechos bajo la sencilla tela blanca de algodón cuando ella volvió la cabeza.

—No lo sé —dijo seriamente—. Sospecho que si le dieran la mínima oportunidad podría ser usted encantador.

La respuesta lo desconcertó.

—Quizá esté equivocada —saltó él, pero ella se limitó a dirigirle una sonrisa tolerante, como a un niño díscolo.

Pasados unos minutos, los amigos de la señora Summers acudieron a reclamarla, saludaron efusivamente a Sanderson y se prepararon para marcharse. Camino del vestíbulo, él, en un susurro, le ofreció salir a cenar la noche siguiente. No lo había pedido de aquel modo desde hacía años. Ella no hizo ninguna observación maliciosa sobre los peligros de ser vista con él, dando por sentado que la llevaría a algún sitio donde no hubiera fotógrafos. Consideró la propuesta durante un momento y luego dijo: «Sí, no estaría mal».

Pensó en ella toda la noche, olvidándose de la flaca e ilusionada modelo que había encontrado en

Annabel's a altas horas de la noche. Permaneció allí despierto, mirando al techo, su mente fija en la fantasía de una lustrosa melena castaña sobre la almohada y una piel suave y dorada bajo sus manos. Estaba seguro de que ella dormía plácidamente, tal como parecía hacerlo todo. Movió la mano en la oscuridad para acariciar el pecho de la modelo, pero encontró solo un cuerpo famélico a causa de las dietas y un exagerado gemido de fingida excitación. Fue a la cocina a preparar café y se lo tomó a oscuras en la sala de estar. Seguía allí sentado mirando por encima de los árboles del parque cuando el sol se levantó sobre las lejanas marismas de Wanstead.

Una semana no es tiempo apenas para tener una aventura amorosa, pero puede ser suficiente para cambiar una vida, o dos, o incluso tres. La noche siguiente él pasó a recogerla y ella bajó al coche. Llevaba el cabello recogido en lo alto de la cabeza, una blusa blanca fruncida con las mangas ahusadas y vaporosos volantes de encaje en los puños, un cinturón ancho y una maxifalda negra. El conjunto le daba un anticuado aire eduardiano que entusiasmó a Sanderson por el contraste con sus pensamientos sobre ella de la noche anterior.

Hablaba de una manera sencilla pero inteligente y escuchaba con atención cuando él le explicaba algo acerca de sus negocios, cosa que rara vez hacía con otras mujeres. Conforme avanzó la velada, Sanderson comprendió que lo que ya sentía por ella no era una atracción pasajera, ni siquiera simple lujuria. La admiraba. Poseía una paz interior, una ecuanimidad, una serenidad, una calma que lo relajaban.

Poco a poco fue hablándole con mayor libertad de cosas que normalmente se reservaba para sí: sus asuntos económicos, su cansancio respecto de la sociedad permisiva que a la vez despreciaba y utilizaba como un ave de presa. Ella, más que saber, parecía comprender, lo cual es mucho más importante en una mujer que el mero conocimiento. Pasada ya la medianoche, cuando el restaurante se disponía a cerrar, ellos seguían hablando apaciblemente en su mesa del rincón. Ella, de la manera más sutil posible, rehusó subir a su ático para una última copa, cosa que a él no le había ocurrido desde hacía años.

Hacia mediados de semana Sanderson tuvo que reconocer que se había prendado de ella como un muchacho de diecisiete años. Le preguntó cuál era su perfume preferido, y ella le dijo que Miss Dior, del cual se permitía a veces un frasco pequeño libre de impuestos en los aviones. Envió a un subordinado a Bond Street y esa noche le obsequió a ella la botella más grande de Londres. Ella la aceptó con sincera satisfacción, pero de inmediato protestó por su tamaño.

—Es una exageración —le dijo.

Él se sintió incómodo.

—Deseaba regalarte algo especial.

—Debe costar una fortuna —le reprochó severamente.

—Francamente, puedo permitírmelo, ya lo sabes.

—No lo dudo, y es todo un detalle, pero no debes comprarme cosas así nunca más. Es un derroche —le advirtió ella en un tono terminante.

Sanderson llamó a su mansión de Worcestershire antes del fin de semana para que encendieran el climatizador de la piscina, y el sábado fueron allí en coche a pasar el día y nadar, pese al frío viento de mayo, que los obligó a pedir al servicio que desplegaran los paneles de cristal corredizos en tres lados de la piscina. Ella salió del vestidor en un traje de baño blanco de una pieza, y a Sanderson se le cortó la respiración al verla. Era, se dijo, una mujer magnífica en todos los sentidos.

Su última noche juntos fue la víspera de su marcha a España. En la oscuridad del Rolls aparcado en una calle secundaria a la vuelta de la esquina de donde ella se hallaba alojada se besaron largamente, pero cuando él intentó deslizar su mano bajo el vestido de Angela, ella la apartó suavemente pero con firmeza y la dejó sobre las rodillas de él.

Sanderson le propuso que dejara a su marido, que se divorciara de él y que se casaran. Como era obvio que hablaba en serio, ella consideró seriamente la oferta, pero negó con la cabeza.

—No podría hacer una cosa así —respondió.

—Te quiero. No de una forma superficial, sino total y absolutamente. Haría cualquier cosa por ti.

Ella clavó la mirada en la calle oscura a través del parabrisas.

—Sí, Mark, te creo. No deberíamos haber llegado tan lejos. Tendría que haberme dado cuenta antes y haber dejado de verte.

—¿Me quieres? Aunque sea un poco.

—Aún es pronto para decirlo. No me gusta que me den prisas.

—Pero ¿podrías llegar a quererme? ¿Ahora o más adelante?

Ella tuvo de nuevo el buen sentido femenino de considerar la pregunta completamente en serio.

—Creo que sí podría. O mejor dicho, creo que podría *haberte* querido. No eres lo que cabría pensar por tu reputación. Debajo del aparente cinismo eres bastante vulnerable, y eso está bien.

—Pues déjalo y cásate conmigo.

—Imposible. Estoy casada con Archie y no puedo abandonarlo.

Sanderson sintió un arrebato de ira hacia el hombre sin rostro afincado en España que se interponía en su camino.

—¿Qué tiene él que no pueda ofrecerte yo?

—No, nada —contestó ella, sonriendo con cierta tristeza—. Es un hombre débil, y no muy eficaz…

—Entonces, ¿por qué no lo abandonas?

—Porque me necesita —se limitó a decir ella.

—Yo también te necesito.

—No, no es lo mismo —respondió ella, moviendo negativamente la cabeza—. Tú te has encaprichado de mí, pero puedes pasar sin mí. Él, no. Carece de la fuerza necesaria.

—No solo me he encaprichado. Te quiero, más que a cualquiera de las cosas que me han ocurrido en la vida. Te adoro y te deseo.

—No lo entiendes —prosiguió ella tras un instante de silencio—. Las mujeres quieren ser queridas y adoran ser adoradas. Y también ser deseadas, pero sobre todas estas cosas juntas necesitan ser necesitadas. Y Archie me necesita, como el aire que respira.

Sanderson metió su Sobranie en el cenicero.

—Así que te quedas con él... «hasta que la muerte nos separe» —masculló, colérico.

Ella no captó la burla, asintió y se volvió para mirarlo.

—Sí, eso es. Hasta que la muerte nos separe. Lo siento, Mark, pero yo soy así. En otro momento y en otro lugar, y si no hubiera estado casada con Archie, podría haber sido distinto, probablemente lo hubiera sido. Pero estoy casada con mi marido, y eso es todo.

Al día siguiente se marchó. Él envió a su chófer para que la llevara al aeropuerto a tomar el avión hacia Valencia.

Existe una sutil gradación entre amor, necesidad, deseo y lujuria, y cualquiera de estos sentimientos puede transformarse en obsesión en la mente de un hombre. En la de Mark Sanderson, eso ocurrió con los cuatro, y la obsesión aumentó con su creciente soledad cuando mayo dio paso a junio. Nunca antes se había visto contrariado en nada, y como muchos hombres poderosos en una década había perdido todo sentido moral. Para él había unos pasos lógicos y precisos del deseo a la determinación, la concepción, el plan, la ejecución. E inevitablemente terminaban en adquisición. A primeros de junio decidió adquirir a Angela Summers, y la frase que acudía una y otra vez a su mente cuando estudiaba la fase de concepción del método procedía de la liturgia de boda. Hasta que la muerte nos separe. Si ella hubiera sido una mujer distinta, que se dejara impresionar por la riqueza, el lujo, el poder, la posición social, no habría habido el menor problema. Por una parte, la habría deslumbrado con su riqueza y la habría conseguido; por otra, en tal caso habría sido una mujer muy diferente y no se hubiera obsesionado tanto con ella. Pero había entrado en un círculo, y el círculo lo llevaría a la locura. Solo había una manera de romperlo.

Alquiló un apartamento a nombre de Michael Johnson. Para ello se puso en contacto con la agencia por teléfono y pagó la primera cuota y un mes de depósito en efectivo por correo certificado. Aduciendo que llegaría a Londres de madrugada, consiguió que le dejaran la llave bajo el felpudo de la puerta.

Con el apartamento como base, telefoneó a una agencia londinense de investigación privada poco escrupulosa con la legalidad de los encargos y les explicó lo que deseaba. La agencia, al ver que el cliente deseaba permanecer en el anonimato, le exigieron un pago por anticipado. Les envió quinientas libras mediante un servicio de reparto especial.

Pasada una semana llegó una carta a nombre del señor Johnson donde se anunciaba que el trabajo ya se había realizado y quedaba un saldo acreedor de doscientas cincuenta libras. Las mandó por correo y, al cabo de tres días, recibió el dossier que quería. Contenía una breve biografía, que leyó superficialmente; un retrato extraído de la solapa de un libro sobre aves mediterráneas, descatalogado hacía tiempo tras venderse unas cuantas docenas de ejemplares; y varias fotografías obtenidas con teleobjetivo. Revelaban a un hombre menudo, de hombros estrechos, con un bigote de cepillo y el mentón débil. Comandante Archibald Clarence Summers —«Tenía que conservar el rango», pensó Sanderson furioso—, oficial expatriado británico establecido en una pequeña villa a menos de un kilómetro del mar, en las afueras de un pueblo costero español sin apenas explotar de la provincia de Alicante, a medio camino entre Alicante y Valencia. Había varias fotografías de la villa. Incluía finalmente un informe sobre la rutina diaria de la villa: el café de desayuno en el pequeño patio; las visitas matutinas de la esposa al castillo para dar clases de inglés a los tres hijos de la condesa; sus inevitables baños de sol y mar en la playa entre las tres y las cuatro mientras el comandante elaboraba sus anotaciones sobre las aves de la Costa Blanca.

Empezó la segunda fase de su plan informando al personal de su oficina de que se quedaría en casa hasta nuevo aviso, pero se pondría en contacto diariamente por teléfono. El paso siguiente era cambiar de apariencia.

Un pequeño peluquero que se anunciaba en *Gay News* fue de gran ayuda a este respecto. Le cortó el pelo, que solía llevar bastante largo, al rape dándole una imagen muy «masculina» y se lo tiñó, pasando de su castaño natural a un rubio claro. La operación se prolongó durante una hora, le duraría un par de semanas y estuvo acompañada de continuos halagos por parte del peluquero.

A partir de ese momento Sanderson bajaba siempre en el coche hasta el aparcamiento subterráneo y subía a su ático desde allí en ascensor, eludiendo al conserje del vestíbulo. Por teléfono obtuvo, a través de un contacto en Fleet Street, el nombre de la principal biblioteca de Londres especializada en asuntos contemporáneos. Esta contenía una excelente sección de obras de consulta y una abundante colección de recortes de diarios y revistas. Transcurridos tres días recibió un carné de lector a nombre de Michael Johnson.

Empezó por el fichero encabezado con el rótulo MERCENARIOS, que contenía unos subapartados con títulos como «Mike Hoare», «Roben Denard», «John Peters» y «Jaques Schramme», y otros destinados a «Katanga», «Congo», «Yemen», «Nigeria/Biafra», «Rodesia» y «Angola». Los revisó todos uno por uno. Incluían noticias, artículos de revista, comentarios, reseñas de libros y entrevistas. Siempre que aparecía citado un libro tomaba los datos, iba a la sección general de la biblioteca, pedía el volumen y lo leía. Entre ellos había obras como *Historia de los mercenarios* de Anthony Mockler, *El Congo mercenario* de Mike Hoare, y *Potencia de fuego*, dedicado exclusivamente a Angola.

Después de una semana comenzó a dibujarse un nombre en medio de este revoltijo de retazos. El individuo en cuestión había participado en tres campañas e incluso los autores de reputación más dudosa hablaban cautamente de él. No concedía entrevistas ni existían fotografías suyas en los archivos. Pero era inglés. Sanderson confió en que se hallara aún en algún lugar de Londres.

Años antes Sanderson, al tomar posesión de una compañía cuyo principal activo se componía de inmuebles fiables, adquirió a la vez un pequeño grupo de empresas comerciales que incluían una expendeduría de tabaco, un laboratorio de revelado y una agencia literaria. Nunca se había molestado en deshacerse de ellas. Fue la agencia literaria la que averiguó la dirección particular del autor de uno de los libros de memorias que Sanderson había leído en la biblioteca. El editor original no tenía motivo alguno de sospecha y la dirección coincidía con aquella en la que en otro tiempo habían enviado los cheques en pago de los exiguos derechos.

Cuando el magnate inmobiliario visitó al mercenario/autor, fingiendo acudir en nombre de la editorial, se encontró con un hombre abandonado a la hierba y el alcohol, ya demasiado viejo, que vivía de sus recuerdos. El antiguo mercenario esperaba que la visita fuera augurio de una reimpresión y nuevos ingresos por derechos, y se mostró claramente decepcionado al descubrir que no era así. Pero volvió a alegrarse al oír que su colaboración sería recompensada.

Sanderson, presentándose como el señor Johnson, explicó que su editorial había tenido noticia de que cierto ex colega del antiguo mercenario estaba pensando en publicar su propia historia y no querían que la competencia se hiciera con los derechos. El único problema era el paradero de ese hombre.

Al oír el nombre, el ex mercenario gruñó.

—¿Así que va a dejarlo? —comentó—. Me sorprende.

No ofreció la menor ayuda hasta que se hubo tomado su sexto whisky doble y notó un fajo de billetes en la mano. Garabateó algo en un papel y se lo entregó a Sanderson.

—Cuando ese pedazo de cabrón está en la ciudad, suele ir de copas ahí —dijo.

Sanderson encontró el sitio esa misma noche, un club tranquilo situado detrás de Earl's Court. A la segunda noche apareció su hombre. Sanderson no había visto ninguna fotografía suya, pero en uno de los libros de memorias había leído una descripción, que incluía la cicatriz en la mandíbula, y el camarero lo saludó por un nombre de pila que también correspondía. Era alto y delgado, tenía los hombros altos, y parecía en plena forma. Sanderson echó una ojeada a través del espejo situado detrás de la barra y, sobre la jarra de cerveza del mercenario, observó una mirada triste y un gesto hosco en la boca. Lo siguió hasta su casa, en un bloque de apartamentos que se hallaba a cuatrocientos metros del local.

Cuando llamó a la puerta, diez minutos después de haber visto desde la calle la luz que se encendía, el hombre llevaba una camiseta y unos pantalones anchos de color oscuro. Sanderson advirtió que, antes de abrir, había apagado la luz del recibidor, quedándose en la penumbra. La luz del pasillo iluminaba al visitante.

—¿Es usted el señor Hughes? —preguntó Sanderson.

—¿Quién quiere saberlo? —inquirió el mercenario, levantando una ceja.

—Me llamo Johnson, Michael Johnson —respondió Sanderson.

—Déjeme ver su autorización dijo Hughes en tono imperioso.

—No soy de la pasma —contestó Sanderson—. Soy un ciudadano particular. ¿Puedo entrar?

—¿Quién le ha dicho dónde encontrarme? —quiso saber Hughes, haciendo caso omiso a la pregunta.

Sanderson le dio el nombre de su informante y añadió:

—En todo caso, dentro de veinticuatro horas ya ni se acordará. Últimamente está tan borracho que no recuerda ni su nombre.

Un asomo de sonrisa apareció en la comisura de los labios de Hughes, pero no había en ella ni pizca de humor.

—Sí, eso encaja —observó, señalando hacia el interior con un brusco movimiento de cabeza. Sanderson entró en la sala de estar. Apenas había muebles, y todos estaban viejos y destartalados, como en otros miles de pisos de alquiler en esa zona de Londres. En el centro se alzaba una mesa. Hughes, desde detrás, le indicó que se sentara. Sanderson tomó asiento y Hughes ocupó la silla de enfrente.

—¿Y bien?

—Deseo encargar un trabajo. Hacer un contrato. Lo que creo que llaman dar el pasaporte.

Hughes lo miró sin cambiar de expresión.

—¿Le gusta la música? —preguntó por fin.

Sanderson se quedó perplejo. Asintió con la cabeza.

—Oigamos, pues, un poco de música —dijo Hughes.

Se levantó y se acercó a la radio portátil que había en una mesa próxima a la cama del rincón. Al tiempo que la encendía buscó algo a tientas bajo la almohada. Cuando se dio la vuelta, ante los ojos de Sanderson apareció el cañón de una Colt automática calibre 45. Tragó saliva y respiró hondo. Hughes subió el volumen de la radio. Luego metió la mano en el cajón de la mesa de noche, con la mirada fija en Sanderson por encima del cañón de la pistola. Sacó un bloc de notas y un lápiz y volvió a la mesa. Con una sola mano escribió algo en la primera hoja y la volvió hacia Sanderson. Simplemente decía: DESNÚDESE.

A Sanderson se le revolvió el estómago. Había oído hablar de la depravación de algunos de estos individuos. Hughes le indicó a Sanderson con el arma que se alejara de la mesa, y él obedeció. Sanderson echó al suelo la chaqueta, la corbata y la camisa. No llevaba camiseta. La pistola volvió a moverse, esta vez hacia abajo. Sanderson se bajó la cremallera y dejó caer los pantalones. Hughes observaba con rostro inexpresivo.

—Muy bien, vístase —dijo por fin.

Con el arma todavía en la mano, pero apuntando al suelo, cruzó la habitación y bajó el volumen de la radio. A continuación regresó a la mesa.

—Tíreme la chaqueta —ordenó.

Sanderson, con los pantalones y la camisa otra vez puestos, dejó la chaqueta en la mesa. Hughes pasó la mano por encima.

—Póngasela —dijo Hughes.

Sanderson lo hizo y volvió a sentarse; lo necesitaba. Hughes se acomodó frente a él, colocó la automática en la mesa, junto a su mano derecha, y encendió un cigarrillo francés.

—¿A qué ha venido todo esto? —preguntó Sanderson—. ¿Creía que iba armado?

Hughes negó lentamente con la cabeza.

—Ya había visto que no iba armado —respondió—, pero si hubiera llevado un micrófono escondido, le hubiera atado el cable alrededor de los huevos y lo hubiera enviado de vuelta con su jefe.

—Ya veo —dijo Sanderson—. No llevo armas ni grabadora y tampoco tengo jefe. Yo soy mi propio jefe, y a veces jefe de otros. Y he venido aquí por un asunto serio. Necesito que me hagan un trabajo, y estoy dispuesto a pagar bien. Además, soy muy discreto. Me conviene serlo.

—Eso a mí no me basta —contestó Hughes—. La cárcel de Parkhurst está llena de hombres duros que se fiaron de fulanos con más boca que sentido común.

—No lo quiero a usted para el trabajo —explicó Sanderson tranquilamente. Hughes volvió a levantar una ceja—. No quiero a nadie que viva en Inglaterra o tenga raíces aquí. Yo vivo aquí, y con eso es suficiente. Quiero un extranjero para un trabajo en el extranjero. Quiero un nombre, y estoy dispuesto a pagar por ese nombre.

Del bolsillo interior de su chaqueta sacó un fajo de cincuenta billetes nuevos de veinte libras y los puso sobre la mesa. Hughes observaba, inmutable. Sanderson dividió el montón en dos, empujó uno de ellos hacia Hughes y cuidadosamente rompió por la mitad el otro. Luego se guardó un fajo de medios billetes de veinte libras en el bolsillo.

—Los primeros quinientos son por intentarlo —dijo—; la otra mitad, por conseguirlo. Y con eso quiero decir que el «nombre» debe reunirse conmigo y aceptar el trabajo. No se preocupe; no es difícil. El objetivo no es un hombre famoso; es un completo don nadie.

Hughes echó un vistazo a las quinientas libras que tenía ante él. No hizo el menor ademán de cogerlas.

—Puede que conozca a un hombre —explicó—. Trabajó conmigo hace años. No sé si sigue en esto. Tendría que enterarme.

—Podría llamarlo —replicó Sanderson.

—No me gustan las líneas telefónicas internacionales —dijo, meneando la cabeza negativamente—. Hay muchas pinchadas. Sobre todo en Europa de un tiempo a esta parte. Tendría que ir a verlo. Eso serían doscientas más.

—De acuerdo —contestó Sanderson—. Cuando tenga el nombre.

—¿Cómo sé que no va a engañarme? —preguntó Hughes.

—No lo sabe —respondió Sanderson—. Pero si lo engañara, vendría usted por mí, y eso no me hace ninguna falta, se lo aseguro. Y menos por setecientas libras.

—¿Y cómo sabe que yo no voy a engañarlo a usted?

—Tampoco yo lo sé —dijo Anderson—. Pero acabaría encontrando al hombre que busco. Y tengo suficiente dinero para pagar por dos contratos en vez de por uno. No me gusta que me estafen. Es una cuestión de principio.

Durante diez segundos los dos hombres se miraron fijamente. Sanderson se preguntó si no habría llevado las cosas demasiado lejos. Por fin Hughes volvió a sonreír, esta vez ampliamente, con auténtica aprobación. Cogió rápidamente las quinientas libras en billetes enteros y el fajo de medios billetes.

—Le conseguiré el nombre —dijo— y preparé el encuentro. Cuando se reúna con él y se ponga de acuerdo, me envía por correo la otra mitad, más doscientas libras por los gastos. Lista de correos de Earl's Court, a nombre de Hargreaves. Correo normal, en un sobre bien cerrado. Sin certificar. Si en el plazo de una semana a partir de la fecha de encuentro no lo he recibido, avisaré a mi colega de que usted no ha cumplido y él se desentenderá del trabajo. ¿Entendido?

Sanderson asintió y luego preguntó:

—¿Cuándo tendré el nombre?

—Dentro de una semana —respondió Hughes—. ¿Dónde puedo encontrarle?

—No puede —contestó Sanderson—. Ya me pondré yo en contacto.

Hughes no se sintió ofendido.

—Llame al bar donde estaba esta noche. A las diez.

Sanderson llamó a la hora convenida una semana más tarde. Atendió el camarero, y después se puso Hughes.

—Hay un café en la rue Miollin de París donde se reúne la clase de gente que usted busca —explicó—. Esté allí el próximo lunes al mediodía. El hombre lo reconocerá. Espérelo leyendo el diario *Le Figaro* de ese día, con la primera plana de cara al salón. Él lo conoce como Johnson. A partir de ese momento es cosa suya. Si no puede ir el lunes, él también estará allí el martes y el miércoles a la misma hora. Después de eso ya no hay trato. Y lleve dinero en efectivo.

—¿Cuánto?

—Para ir sobre seguro, unas cinco mil libras.

—¿Cómo sé que no van a atracarme?

—No lo sabe —dijo la voz—, pero él tampoco sabrá si tiene usted un guardaespaldas en el bar.

Se oyó un ligero ruido y el auricular zumbó en su mano.

El lunes siguiente, a las doce y cinco, estaba todavía leyendo la última página de *Le Figaro* en el café de la rue Miollin sentado de espaldas a la pared, cuando un hombre corrió la silla que estaba frente a él y se sentó.

—¿Monsieur Johnson?

Bajó el diario, lo dobló y lo dejó a un lado. Era un corso alto y desgarbado, con el pelo y los ojos negros, y el rostro enjuto. Hablaron durante media hora. El corso se presentó solo como Calvi, que era de hecho el nombre del pueblo donde había nacido. Al cabo de veinte minutos, Sanderson le entregó dos fotografías. Una era el retrato de un hombre, y al dorso, mecanografiado, se leía: «Comandante Archie Summers, Villa San Crispín, Playa Caldera, Ondara, Alicante». La otra era de una pequeña villa enjalbegada con los postigos de un color amarillo canario. El corso asintió lentamente.

—Debe hacerse entre las tres y las cuatro de la tarde —exigió Sanderson.

—No hay problema —respondió en corso, asintiendo.

Discutieron durante otros diez minutos sobre la cuestión del dinero, y Sanderson le entregó a Calvi cinco fajos de billetes con quinientas libras en cada uno. Los trabajos en el extranjero son más caros, explicó el corso, y la Policía española puede ser en extremo hostil con cierto tipo de turistas. Finalmente, Sanderson se levantó para marcharse.

—¿Cuándo será? —preguntó antes de irse.

El corso alzó la vista y se encogió de hombros.

—Una o dos semanas, tres a lo sumo.

—Quiero enterarme inmediatamente, ¿queda claro?

—Entonces tendrá que decirme dónde puedo ponerme en contacto con usted —dijo el pistolero. A modo de respuesta, el inglés anotó un número en un papel.

—De aquí a una semana, y durante tres semanas a partir de ese momento, puede llamarme a ese número de Londres entre las siete y media y las ocho de la mañana. No intente localizarlo, y no falle en su trabajo.

—No fallaré —contestó el corso con una ligera sonrisa—, porque quiero la otra mitad del dinero.

—Una última cosa —añadió el cliente—. No quiero que quede el menor rastro, nada que pueda relacionarme con usted. Debe parecer un intento de robo local que salió mal.

El corso seguía sonriendo.

—Usted ha de cuidar su reputación, monsieur Johnson. Yo pongo en juego mi vida, o al menos treinta años en la cárcel de Toledo. No dejaré rastros; la cuestión quedará zanjada.

Cuando el inglés se hubo marchado, Calvi salió del café, comprobó que nadie lo seguía y pasó dos horas bajo el sol de julio en la terraza de otro café del centro de la ciudad, sumido en sus reflexiones sobre las dificultades del trabajo. El contrato en sí apenas presentaba complicaciones: la muerte a tiros de una víctima desprevenida. El problema era entrar el arma en España sin peligro. Podía llevarla en tren de París a Barcelona y arriesgarse en el control de aduanas, pero si algo iba mal sería la Policía española, y no la francesa, quien lo descubriese, y esta mantiene actitudes un tanto anticuadas respecto de los pistoleros profesionales. Los aviones estaban descartados; a causa del terrorismo internacional en todos los vuelos que salían de Orly se realizaba una minuciosa inspección en busca de armas de fuego. Aún conservaba contactos en España desde sus tiempos en la OEA, hombres que preferían vivir en la costa entre Alicante y Valencia a arriesgarse a volver a Francia, y suponía que alguno de ellos podía prestarle una pistola. Pero decidió no dejarse ver por ellos, pues con el ocio propio del exilio debían de ser más proclives al chismorreo.

Finalmente, el corso se puso en pie, pagó la cuenta y se fue de compras. Se pasó media hora en el mostrador de información de la oficina de turismo española, y otros diez minutos en la delegación de Iberia. Acabó sus compras en una librería y papelería de la rue de Rivoli y volvió a su piso de las afueras.

Aquella tarde llamó al hotel Metropol, el mejor de Valencia, y reservó dos habitaciones individuales para una sola noche, con quince días de antelación, una a nombre de Calvi y la otra al nombre que constaba en su pasaporte. Por teléfono se presentó como Calvi y accedió a confirmar la reserva por correo de inmediato. Reservó asimismo un pasaje aéreo de ida y vuelta París-Valencia, con llegada a España la noche para la que había pedido las habitaciones y regreso a París a última hora del día siguiente.

Antes de llamar a Valencia había escrito ya la carta de confirmación al hotel. Era breve y directa. En ella confirmaba las dos reservas y añadía que como el firmante, monsieur Calvi, estaría viajando constantemente hasta su llegada a Valencia, había encargado que le enviaran anticipadamente al hotel Metropol, desde París, un libro sobre la historia de España, y pedía al hotel que tuviera la amabilidad de guardárselo hasta su llegada.

Calvi contaba con que, si el libro era interceptado y abierto, cuando preguntara por él en recepción bajo su verdadero nombre la expresión del conserje le revelaría que algo iba mal y le daría tiempo para marcharse. E incluso si lo atrapaban, podía afirmar que él era una parte inocente de todo aquello y simplemente le había hecho un favor a un amigo sin sospechar de motivos ocultos en la petición del ausente Calvi.

Tras firmar la carta con la mano izquierda a nombre de Calvi, cerrarla y ponerle los sellos para enviarla, se puso a trabajar en el libro que había comprado esa tarde. Era efectivamente una historia de España, un volumen caro y pesado con papel de buena calidad y numerosas fotografías que aumentaban aún más su peso.

Volvió hacia atrás las tapas y las mantuvo unidas mediante una goma elástica. Aseguró la tripa, de unas cuatrocientas hojas, al borde de la mesa de la cocina con dos tornillos de carpintero.

Sobre este bloque de papel comenzó a trabajar con el afilado escalpelo que había adquirido esa misma tarde. Estuvo cortando durante casi una hora hasta vaciar un rectángulo en el área de la página a cuatro centímetros de los bordes, formando una caja de diecisiete centímetros de largo por quince de ancho y siete y medio de profundidad. Después extendió una gruesa capa de pegamento sobre las paredes internas de este rectángulo hueco, y se fumó dos cigarrillos en espera de que se secara. Una vez que se hubo endurecido, las cuatrocientas hojas del libro no volverían a abrirse jamás.

Rellenó de goma espuma, cortada a medida, el hueco para remplazar los casi tres cuartos de kilo de papel que había extraído y pesado en la báscula de la cocina. Desmontó la Browning automática de nueve milímetros que había comprado en Bélgica dos meses antes, después de usar y tirar al canal Albert su anterior arma, una Colt calibre 38. Era un hombre cuidadoso, y nunca utilizaba la misma arma dos veces. El cañón de la Browning había sido reducido aproximadamente en un centímetro y su extremo adaptado para encajar un silenciador.

El silenciador de una automática nunca es verdaderamente silencioso, a pesar de los esfuerzos para simular lo contrario. Las automáticas, a diferencia de los revólveres, no tienen una recámara cerrada. Cuando la bala sale por el cañón, la cápsula de la automática retrocede para expulsar el casquillo usado e inyectar uno nuevo. Por eso se llaman automáticas. Pero en esa milésima de segundo en la que la recámara se abre para expulsar el casquillo, la mitad del ruido de la explosión sale al exterior, con lo cual el silenciador del extremo del cañón es efectivo solo en un cincuenta por ciento. Calvi hubiera preferido un revólver, que mantiene la recámara cerrada durante el disparo, pero necesitaba un arma plana para meterla en el hueco del libro.

El silenciador que dejó junto a las partes de la Browning era el componente mayor, con una longitud de diecisiete centímetros. Como profesional sabía que los silenciadores del tamaño de un corcho de champán que se ven en televisión son tan útiles como un extintor de mano para apagar una erupción del Vesubio.

Dispuestas una al lado de otra, las cinco partes, incluidos el silenciador y el cargador, no cabían del todo, así que introdujo el cargador en la empuñadura para ahorrar espacio. Marcó las posiciones de los cuatro componentes con un rotulador y empezó a cortar la goma espuma con un escalpelo nuevo. Hacia la medianoche las partes del arma yacían plácidamente en sus lechos de espuma. El largo silenciador en posición vertical, paralelo al lomo del libro; el cañón, la culata y la recámara en tres filas horizontales de arriba abajo de la página.

Cubrió el ensamblado con una fina lámina de goma espuma, untó también las contratapas con pegamento, y cerró el libro. Tras una hora en el suelo bajo el peso de una mesa puesta boca arriba, el libro era un bloque sólido que únicamente podía abrirse con la ayuda de un cuchillo. Volvió a pesarlo. Pesaba solo unos quince gramos más que el original.

Por último, metió la historia de España en un sobre de resistente polietileno, como hacen las editoriales para proteger las sobrecubiertas del polvo y las marcas. Entró perfectamente. A continuación unió el extremo abierto del sobre con la hoja de su navaja, previamente calentada en el hornillo de la cocina. Si el paquete era abierto, confiaba en que el inspector se contentara con asegurarse a través del politeno transparente de que el contenido era efectivamente un inofensivo libro, y volviera a cerrarlo.

Introdujo el volumen en un enorme sobre acolchado del tipo que se usa para los envíos de libros, lo cerró mediante unas grapas metálicas que podían abrirse simplemente enderezando los extremos de metal y empujándolos a través de los agujeros de la solapa del sobre. Mediante una imprenta casera confeccionó una etiqueta adhesiva con el nombre de una conocida librería y luego escribió a máquina el nombre y la dirección del destinatario: Monsieur Alfred Calvi, Hotel Metropol, Calle de Játiva, Valencia, Espagne. Con la misma imprenta preparó un sello y puso por todo el paquete las palabras: LIBROS — IMPRESOS — LIVRES.

A la mañana siguiente envió la carta por correo aéreo y el paquete por vía terrestre, lo cual significaba el tren y unos diez días de retraso.

El Caravelle de Iberia descendió sobre Campo de Manises y tocó tierra cuando el sol estaba a punto de ponerse. El intenso calor del día no había remitido aún, y los treinta pasajeros, en su mayoría dueños de chalés llegados de París para pasar unas vacaciones de seis semanas, protestaron por el habitual retraso con el equipaje en la aduana.

Calvi llevaba una maleta de tamaño medio como equipaje de mano. Se la abrieron e inspeccionaron meticulosamente, y después salió de la terminal del aeropuerto al aire libre. Primero dio una vuelta por el aparcamiento y comprobó con satisfacción que una parte considerable de este quedaba oculta tras una hilera de árboles a los edificios del aeropuerto. Los coches estaban dispuestos en filas bajo los árboles, esperando a sus propietarios. Decidió regresar al día siguiente y proveerse de transporte allí mismo. A continuación fue en taxi a la ciudad.

El conserje del hotel se mostró muy servicial. En cuanto el corso se presentó y enseñó su pasaporte, recordó la reserva y la carta de confirmación escrita por monsieur Calvi y entró en la oficina de recepción para salir instantes después con el paquete que contenía el libro. El corso explicó que, desgraciadamente, su amigo monsieur Calvi no acudiría, pero que naturalmente él pagaría las cuentas de las dos habitaciones al marcharse por la mañana. Sacó una carta del ausente monsieur Calvi autorizándolo a recoger el libro. El conserje echó un vistazo a la carta, dio las gracias al corso por ofrecerse a liquidar las dos cuentas y le entregó el paquete.

Calvi, ya en su habitación, examinó el sobre acolchado. Lo habían abierto. Las grapas metálicas habían sido enderezadas para despegar la solapa y dobladas después nuevamente. La gota de pegamento que había puesto en una de las patillas no estaba. No obstante, en el interior, el libro seguía intacto en su envoltorio, pues habría sido imposible abrir el polietileno sin rasgarlo o deformarlo.

Lo abrió, despegó las tapas del libro con su navaja y extrajo las piezas del arma. Las volvió a ensamblar, enroscó el silenciador e inspeccionó el cargador. Todas las balas estaban allí, una munición especial con solo la mitad del explosivo para reducir al mínimo la detonación. Incluso con la mitad de su fuerza habitual, una bala de nueve milímetros penetraba en una cabeza humana a una distancia de tres metros, y Calvi nunca disparaba a más de tres metros.

Guardó la pistola en el fondo del armario, lo cerró y se metió la llave en el bolsillo. Después salió al balcón a fumarse un cigarrillo mientras contemplaba la plaza de toros que se hallaba frente al hotel y pensaba en el día que tenía por delante. A las nueve bajó, vestido aún con su traje gris oscuro (confeccionado por uno de los sastres más exclusivos de París), que armonizaba perfectamente con el ambiente formal de aquel antiguo y caro hotel. Cenó en el Terrassa de Rialto y se fue a dormir a las doce. Por el conserje del hotel supo que salía un avión hacia Madrid a las ocho de la mañana, y pidió que lo despertaran a las seis.

A la mañana siguiente pagó la cuenta a las siete y tomó un taxi al aeropuerto. De pie en la puerta de entrada, vio llegar una docena de coches, fijándose en la marca y la matrícula de cada uno, así como en el aspecto de los ocupantes. En siete de los automóviles viajaban solo los conductores, todos ellos con aire de hombres de negocios. Desde la terraza de observación de la terminal vio pasar a los pasajeros del vuelo a Madrid, y cuatro de los hombres que había seleccionado estaban entre ellos. Consultó las notas tomadas al dorso de un sobre y vio que tenía para elegir un Simca, un Mercedes, un Jaguar y un Seat.

Cuando el avión despegó, fue al servicio de caballeros y se cambió el traje gris por unos vaqueros de color crema, una informal camisa azul claro y una cazadora azul de nilón con cremallera. Sacó de la maleta la pistola, que había envuelto en una toalla y metido en una bolsa blanda de unas líneas aéreas. Dejó la maleta en la consigna, confirmó el pasaje para el vuelo a París de esa noche y regresó al aparcamiento.

Escogió el Seat porque era el automóvil más común en España y porque las manijas de las puertas daban menos problemas al ladrón de coches. Dos hombres entraron en el aparcamiento mientras se esperaba, y cuando se marcharon se acercó al pequeño vehículo rojo con forma de escarabajo. Sacó una barra metálica de la manga, la deslizó sobre la manija de la puerta y empujó hacia abajo. La cerradura cedió con un ligero ruido. Desde dentro, abrió el capó y luego conectó el motor de arranque al polo positivo de la batería mediante un cable. Ya al volante, puso el coche en marcha pulsando un botón y salió del aparcamiento. Tomó primero por la carretera de Valencia y siguió luego en dirección sur por la N-332, la nueva autovía costera que lleva a Alicante.

De Valencia a Ondara hay 92 kilómetros, y la carretera atraviesa los centros poblados de naranjos de Gandía y Oliva. Se tomó el viaje con calma y tardó dos horas en cubrir la distancia. La costa entera ardía bajo el sol abrasador de la mañana, una larga cinta de arena dorada salpicada de cuerpos tostados y bañistas chapoteando. Hasta el calor auguraba algo malo, sin un soplo de aire. Sobre el mar, en el horizonte, flotaba una ligera bruma.

Al entrar en Ondara pasó ante el hotel Palmera, donde, según tenía entendido, vivía aún de sus recuerdos el antiguo secretario del general Raoul Salan, en otro tiempo jefe de la OEA. En el centro del pueblo preguntó el camino a Playa Caldera, y unos atentos vecinos del lugar le indicaron que se hallaba a tres kilómetros de allí. Antes del mediodía se adentró en las zonas residenciales de los alrededores, cuyos chalés eran propiedad en su mayoría de expatriados, y empezó a circular lentamente buscando la Villa San Crispín, que recordaba de la fotografía destruida hacía ya unos días. Preguntar por la playa era una cosa; preguntar directamente por la villa podía dar pie a que su presencia quedara grabada en la memoria de alguien.

Poco antes de la una de la tarde encontró los postigos amarillos y las paredes de terracota blancas, comprobó el nombre en una baldosa pegada al pilar de la verja de entrada, y aparcó el coche unos doscientos metros más adelante. Paseando distraídamente, con su bolsa al hombro como cualquier turista camino de la playa, examinó la entrada trasera. Era sencillo. Algo más adelante en el camino de tierra junto al que estaba la villa se desviaba un pequeño sendero hacia el interior de un naranjal situado detrás de la hilera de casas. Cubierto por los árboles observó que solo una cerca baja separaba la tierra roja del naranjal del jardín y el soleado patio que había en la parte trasera de la villa con los postigos amarillos, y vio también al hombre que iba de un lado a otro por el jardín con una regadera. Varios balcones comunicaban el jardín con la planta baja, y todos ellos estaban abiertos de par en par para permitir que corriera el aire, caso que hubiera habido el menor soplo de viento. Miró su reloj. Era la hora del almuerzo, así que regresó a Ondara.

Estuvo sentado en el bar Valencia de la calle Doctor Fleming hasta las tres, y tomó una enorme parrillada de langostinos y dos vasos de un ligero vino blanco de la zona. Después pagó y se marchó.

Mientras volvía a la playa, las nubes del horizonte empezaron a desplazarse por fin hacia tierra y se oyó retumbar un trueno sobre el agua quieta como una balsa de aceite, hecho muy poco común en la Costa Blanca a mediados de julio. Aparcó el coche cerca del sendero que conducía al naranjal, se metió el silenciador de la Browning bajo el cinturón, se subió la cremallera de la cazadora hasta el cuello y se adentró entre los árboles. Todo estaba en silencio cuando salió nuevamente del naranjal y saltó la cerca del jardín. Los lugareños hacían la siesta a la hora de máximo calor, y la lluvia comenzó a azotar las hojas de los naranjos. Gruesas gotas golpearon sus hombros mientras cruzaba sobre las losas, y cuando llegó a los balcones se desató definitivamente el chaparrón y el agua martilleó contra las tejas rosas del tejado. Se alegró: nadie oiría nada.

De una habitación situada a la izquierda de la sala de estar salía el tecleo de una máquina de escribir. Inmóvil en el centro del salón, sacó el arma y deslizó el seguro a la posición de «Fuego». Acto seguido atravesó la esterilla que cubría el suelo en dirección a la puerta abierta del estudio.

El comandante Archie Summers no llegó a saber lo que había ocurrido. Vio un hombre en la puerta de su estudio e hizo ademán de levantarse para averiguar qué pasaba. Entonces reparó en el objeto que el visitante sostenía en su mano y entreabrió la boca. Se oyeron dos golpes blandos, sofocados por el ruido de la lluvia, y dos balas penetraron en su pecho. La tercera fue disparada verticalmente hacia abajo a medio metro de su sien, pero esta ya no la sintió. El corso se arrodilló junto al cadáver durante un instante y apoyó el índice allí donde había estado el pulso. Todavía agachado, se dio rápidamente la vuelta para mirar hacia la sala de estar…

Los dos hombres, el asesino y su cliente, se encontraron la noche siguiente en el bar de la rue Miollin. Calvi, que había regresado de Valencia la noche anterior poco antes de las doce, había transmitido su mensaje por teléfono esa misma mañana, y Sanderson había tomado el primer avión. El cliente parecía nervioso cuando entregó el resto de las cinco mil libras.

—¿No ha habido ningún problema? —volvió a preguntar.

El corso sonrió tranquilamente y negó con la cabeza.

—Fue muy sencillo, y su comandante está muy muerto. Dos balas en el corazón y una en la cabeza.

—¿No lo vio nadie? —preguntó el inglés—. ¿No hubo testigos?

—No. —El corso se puso en pie, tocando los fajos de billetes que se había guardado en el bolsillo del pecho—. Aunque lamento decir que me interrumpieron en el último momento. Por alguna razón, llovía intensamente, y alguien entró y me vio con el cadáver.

El inglés lo miró horrorizado.

—¿Quién?

—Una mujer.

—¿Alta y morena?

—Sí. Y de muy buen ver, por cierto.

El corso advirtió la expresión de pánico en el rostro de su cliente y le dio una palmada en el hombro.

—No se preocupe, monsieur —le dijo en tono tranquilizador—, la cuestión ha quedado zanjada. La maté también a ella.

ÍNDICE

Esta edición de 4.000 ejemplares
se terminó de imprimir en
Kalifón S.A.,
Humboldt 66, Ramos Mejía, Bs. As.,
en el mes de octubre de 2005